藍小說 ⑨⓪④

村上春樹作品集

1973年的彈珠玩具

村上春樹著　賴明珠譯

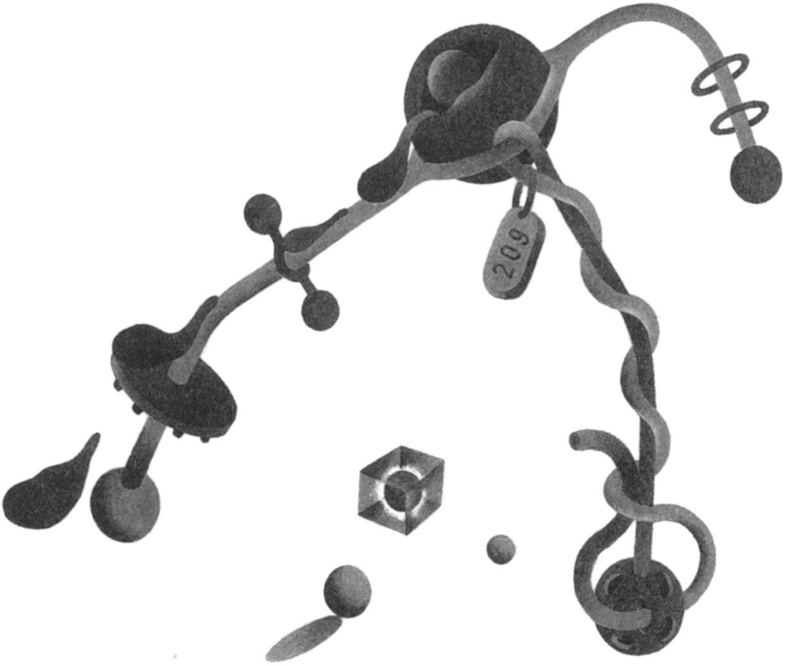

ISBN 957-13-1576-1

1973年的彈珠玩具

譯序

賴明珠

事實上，台灣很多讀者第一次接觸村上春樹的作品，是從《失落的彈珠玩具》（註：新版恢復原書名《1973年的彈珠玩具》）開始的。原因是村上春樹雖然以《聽風的歌》處女作獲得「羣像新人賞」，但因文章風格獨特，恐怕台灣讀者還沒有那麼前衛，可能無法理解他的文章好在那裏，因此當初選擇先推出故事性比較豐富鮮活的第二本長篇《1973年的彈珠玩具》，配合另一本短篇集《遇見100%的女孩》兩本同時出版。讓讀者先感受作者獨特的風格和多樣性的一面。並為了避免1973年的年號會讓喜新厭舊的部份讀者所忽略，而採用了《失落的彈珠玩具》為書名。

現在大家對村上春樹已經相當熟悉，種種顧慮似乎都已多餘。這次趁改版機會，正好恢復原來的書名，畢竟喜歡用數字和年代也是作者的獨特風格之一。

村上春樹曾經表示自己相當喜歡這本小說。《聽風的歌》在五月頒獎，之後他就緊接著寫這本，那期間《聽風的歌》又獲得芥川獎提名，不過總之他還是集中精神在《1973年的彈珠玩具》上，夏天開始寫，秋天寫完。

《1973年的彈珠玩具》也獲得芥川獎提名，很多人打電話給他說是有力的候補，周圍的人都安靜不下來，評審當天，他想乾脆去打麻將，於是到新宿的住友大樓和講談社的人打麻將。

他說得不得獎沒關係，不得獎反而輕鬆。後來小說暢銷時，可以說不是靠得獎的力量而是靠自己的力量賣的，對自己因此可以有這樣的信心。

有趣的是，根據〈dacapo〉雜誌170號即一九八八年十二月七日報導，文藝評論家絓秀實先生說：「最近有不少人對芥川賞得獎作品已逐漸失去了信心……而作品的傾向類似村上春樹的池澤夏樹和新井滿得芥川賞，或許也是因爲評審對未能讓村上春樹得芥川賞的償罪作用吧……」

今天，村上春樹無疑是日本最頂尖的作家之一。在日本很多人說他的作品美國味很重，確實他從高中時代就開始親近美國原文小說，他喜歡的作家有SCOTT FITZGERALD、RAYMOND CHANDLER、TRUMAN CAPOTE、KURT VONNEGUT、PAUL THEROUX、RICHARD BRAUTIGAN、GAY TALESE、RAYMOND CARVER、TIM O'BRIEN、STEPHEN KING、

JOHN IRVING等，這些作家可以說是村上春樹文學上的營養來源。尤其是費滋傑羅，村上春樹說有好幾年之間，只有費滋傑羅是他的老師、是他的大學、是他的文學伙伴。

他說「自從讀了《溫柔的夜》之後，我開始讀費滋傑羅的每一部作品。重新再讀《大亨小傳》，讀《樂園的此端》，和他的短篇集，其中《冬之夢》和《再訪巴比倫》這兩篇我想我大概各讀了有二十遍。我把這兩篇短篇分解成幾個部份，好像用顯微鏡去看一樣地去查看那文章，想知道那裏面到底是什麼迷住了我。面對他的文章，我並沒有想過有一天自己也要寫文章。只是像小學生分解一個鬧鐘一樣，對於小說這東西所隱藏的祕密而深不可知的魔力，想要自己去一探究竟而已。

「如果有人問我說，費滋傑羅對於『寫小說的我』是不是有影響？答案既是YES同時也是NO。文體、主題、小說的構築和故事的述說這方面來講，他的影響我覺得幾乎等於沒有。他如果有給我什麼的話，那是更大的、更模糊的東西。也許可以說是人對小說（不管是寫的人也好，讀的人也好）應該採取的姿勢吧。還有小說終究就是人生本身的這個認識。」

費滋傑羅小說的魅力之一，在於各種相反的感情，擁擠底聚集在一起，溫柔與傲慢、纖細善感與冷嘲熱諷、徹底的樂天性和對自我破壞的欲望，上昇意志和下降感覺，都會的洗練和中西部的樸素……

事實上他對西方的興趣，不只限於美國，從三十七歲到四十歲的三年之間，他旅居歐洲，一九八六年十月他離開讓他繁忙紛擾不堪的日本，第一站到達羅馬，然後希臘、倫敦，在這期間他完成了他的第五部和第六部長篇小說，《挪威的森林》和《舞舞舞》。三年後他回到日本，沒想到自己的小說空前大暢銷，自己變成一個大名人，反而讓他覺得侷促不安更待不下去。於是不久他又離開日本到美國的普林斯頓去。開始第二次的長住國外。

正如在《開往中國的慢船》中，那個中國女孩子說的「這裏差不多也不是我該待的地方了」。在《1973年的彈珠玩具》裏老鼠想對傑說「我要離開這地方了」，說了幾次才說出口。在《世界末日與冷酷異境》中始終醞釀著從一個世界離開，前往另一個世界的意念，害怕沒有出口，尋找出口，想要離開，似乎是村上春樹的作品中常見的現象。

在文章中，我們也可以看到一種遊走於現實和非現實之間的對照寫法，《1973年的彈珠玩具》可以說是《聽風的歌》的續篇，設定在若干時間之後，「我」到了東京，「老鼠」則從大學退學留在家鄉，「老鼠」的部份以比較寫實的手法寫，而「我」的部份則相對的以比較虛構的方式寫。

這種兩個主角，兩個地點雙線進行的二重結構表現方式，在《世界末日與冷酷異境》中，同樣可以看見，而且劃分得更明顯。事實上，他寫實部份的描寫，有他獨到的眼光，即使是日常生活中很平凡的東西，經過他筆下寫來，都彷彿變成攝影師鏡頭下所捕捉的畫面，或電影中的一幕似的。而虛構的部份，則和超現實的繪畫、科幻小說、靈異電影，有異曲同工的效果。難怪不少從事攝影、設計、廣告和文藝界的朋友喜歡他的作品。

此外《1973年的彈珠玩具》中還有兩個很大的特色，一個是把尋找東西這個行爲放在中心，當然這裏指的就是尋找彈珠玩具機。另外一個是和沒有生命的東西溝通，這個世界和那個世界的溝通。村上春樹在無意之間，做了這兩大嘗試。

事實上作者並沒有事先設定結局，而是像水到渠成一般的任其發展，例如最後出現的冷凍倉庫，那是在不曉得該去什麼地方才好，寫著寫著最後面臨該去什麼地方的時候，心想冷一點的地方好，寬大空曠的倉庫好。於是形象自然就浮上來了。

從這篇作品中，我們或許可以感受到現代東西方文化頻繁交流之後，在工業化、商業化、都市化等迅速變革之後，人與人的關係，人與物之間的關係，如何產生了變化，而生活的感覺又到底變成什麼樣子了。

1973年的彈珠玩具

世界上有什麼不會失去的東西嗎？
我相信有，妳也最好相信。

——村上春樹

1969——1973

曾經近乎病態地喜歡聽一些從來沒到過的地方的事。

有一段時期，雖然這已經是十年前的事了，我每逮到一個身邊可能遇到的人，就一定追問他有關生長的故鄉、或成長的地方的事情。或許那個時代，像我這類主動去問人家閒事的人種還極端缺乏，因此不管什麼人都親切又熱心地告訴我。甚至有些從來沒見過的陌生人，也不知道從那裏聽到我的傳聞，而特地跑來說給我聽。

他們簡直就像往一口枯井裏投石子一樣，眞是對我說了形形色色的事。而且說完以後都一律心滿意足地回去。有些人心情愉快地述說，有些人一面生氣一面說，有些人說來頭頭是道，有些人從頭到尾不曉得在說些什麼。有的聽來枯燥乏味，有的聽來讓你傷心得快掉眼淚，也有半開玩笑胡說八道的，不過不管怎麼說，我都盡可能認眞地洗耳恭聽。

雖然不知道爲什麼，不過似乎任何人都拚命想對某個人或對這個世界傾訴一些事。這使我聯想起塞滿紙箱的猿猴羣，我把那些猿猴一隻一隻從紙箱捉出來，細心地拂掉他們身上的灰塵，然後啪噠拍一下屁股，把他們放回草原上去。從此他們就不知去向了。一定是在某個地方，啃著橡樹子，然後漸漸死滅了吧。結果命運就是那樣。

那眞是一件吃力不討好的事，現在想起來，如果那年舉辦「最熱心聽別人說話的世界競賽」的話，我一定毫無疑問被選爲冠軍。而且搞不好還領到一堆廚房用的火柴之類的獎品吧！

我的談話對象之中，土星生的和金星生的各有一位。我對他們說的話，印象非常深刻。首先土星說：

「那裏呀……冷得要命。」他像呻吟似地說：「一想起來，就、就快要發瘋。」

他屬於一個政治性的社團，那個社團佔據了大學的九號館。所謂「行動決定思想，反之不可。」是他們的信條。至於什麼決定行動卻沒有人告訴他們。不過九號館裏有冷氣、電話和熱水設備，二樓還有一間收集了兩千張唱片和擁有 ALTEC A5 音響設備的雅緻音樂室。那眞是個天堂（譬如跟聞得到像賽馬場廁所味道的八號館比起來的話）。他們每天早晨用熱水把鬍子刮得精光，下午可以隨心所欲地在屋角打長途電話，太陽下山後，大家聚在一起聽音樂，結果秋天結束時，他們全體都幾乎變成古典音樂狂了。

晴朗得令人愉快的十一月某個下午，當第三機動隊衝進九號館時，據說韋瓦第的「調和之幻想」正以全音量播出，到底是眞是假沒有人知道，不過卻是六九年中令人覺得心頭暖暖的傳說之一。

當我從層層疊疊的，看起來滿危險，用來代替障礙欄的長椅堆下鑽過去時，隱約可以聽見海頓的G短調鋼琴奏鳴曲。那令人懷念的氣氛正如一面走上半山腰的坡道，一面聞到山茶花的香氣，正要去拜託女朋友家時完全一樣。他請我在一把最像樣的椅子上坐下，然後拿出從理學院的校舍順手牽羊摸來的燒杯，倒了沒冰過的溫啤酒給我。

「而且引力非常強。」他繼續說著土星的事。「曾經有個傢伙的腳被嘴裏吐出來的口香糖擊中，腳背都碎了呢！眞是個地、地獄。」

「原來如此。」停了兩秒鐘後，我回答他。那陣子我眞是體驗了三百種以上各式各樣不同的應答法。

「太、太陽也非常小噢，就像從外野看本壘上放著的一個橘子一樣小。所以經常都是黑黑暗暗的。」他嘆了一口氣。

「為什麼大家不離開呢？」我試著這樣問。「其他地方總該有更容易過活的星球吧！」

「不曉得。大概因為是自己出生的星球吧。就、就是這麼回事。我畢業以後，也要回土星去，而且，要創造一個了、了不起的國家，革、革、革命啊！」

總之我喜歡聽遙遠的地方的故事。那些地方，我像冬眠前的熊一樣，儲藏了好多。只要一閉上眼睛，那些街道、民房，一一浮現，聽得見人們的聲音，甚至可以感覺到在那些遙遠的地方，永遠也不可能和我交往的人們，和緩而確實的生活波潮。

♤

直子也好幾次對我說過類似的事情。她的話我每一句都記得一清二楚。

「那地方我不知道該怎麼稱呼才好。」

直子坐在照得到陽光的大學休息室裏，一隻手托著腮，有點嫌麻煩地笑著說。我很有耐性地等著她繼續說下去。她向來都慢吞吞地一面思索著正確的用語，一面說。

我們隔一張紅色塑膠桌子面對面坐，桌上放著一個塞滿煙屁股的紙杯。從高窗上射進來像魯本斯的畫裏一樣的日光，在桌子正中央劃出一條明暗淸晰的界線。我放在桌上的右手正好在光亮下，而左手則在陰影裏。

一九六九年春天，我們就這樣過著二十歲。休息室裏到處是穿著新皮鞋、抱著新講義大綱、頭腦塞滿新腦漿的新生，因此連踏腳的地方都沒有，我們旁邊也始終有一些人，跟別人相撞，然後互相抱怨、或互相道歉的。

「總之那還不能稱爲一個城或鎭哪。」她這樣繼續著。「有一條筆直的鐵路，有車站。下雨天，司機都可能看漏的那種悽涼的小站。」

我點點頭。然後足足有三十秒左右，兩個人漫無目的地默默凝視著光線中搖晃著的香煙的煙塵。

「從月台這頭到另一頭，老是有狗在散步著噢。那種車站，你知道嗎？」

我點點頭。

「出了車站，有一個圓環，有巴士站喏。然後有幾家商店……好像沒睡醒的那種商店喏。從那裏一直走，就會碰到公園喏。公園裏有一個溜滑梯、三個鞦韆。」

「有沙坑吧？」

「沙坑？」她慢呑呑地想了一下，然後肯定地點點頭。「有！」

我們又一次沉默下來。我把快燒盡的香煙，在紙杯裏仔細弄熄。

「是一條枯燥乏味得可怕的街道。到底爲什麼，會去建一條那樣無聊的街道，眞是無法想像。」

「神以各種方式，呈現他的姿態。」我試著這麼說。

直子搖搖頭獨自笑著。像那些成績單上整排全是A的女生經常有的那種笑法。而那笑容奇妙地留在我心裏好久一段時間。簡直像出現在「愛麗絲夢遊仙境」裏的歙縣貓似的，在她消失之後，那笑容依然還殘留著。

話說回來，我不管怎麼樣，都想去看看那在月台上縱走的狗。

♤

從此過了四年，一九七三年的五月，爲的是看狗。而爲了走這一趟，我刮了鬍子，半年來頭一次打起領帶，還拿出新的馬背皮鞋來穿。

我從那眼看著快生銹的可憐兮兮的兩輛串接式郊區電車下來，首先撲鼻而來的是一股令人懷念的草香。就像好久以前遠足時聞到過的香氣一樣。五月的風就這樣從時光隧道的彼端吹了過來。我只要抬起頭側耳靜聽，連雲雀的叫聲都聽得見。

我打了一個很長的哈欠之後，就在車站的長椅上坐下來，不耐煩地點起一根煙。淸晨從公寓出來時，那種新鮮的情緒，現在已經完全消失，覺得任何事情都只不過是一再反覆地重現罷了。無止境的旣視現象（dejavu‥雖第一次看見卻覺得以前曾見過似的一種記憶障礙現象）每重現一次只有更惡化。

從前，曾經有過一段日子跟幾個朋友擠沙丁魚似的一起睡。黎明時分有人踩到我的頭，然後說一聲對不起，從此以後，我就聽見小便的聲音，一再地重複。

我把領帶解鬆，香煙還含在嘴角，我試著讓穿在腳上還沒習慣的鞋底，在水泥地上磨擦出咯吱咯吱的聲音，希望因此能緩和腳痛。那痛雖不怎麼激烈，卻給我一種身體像要分裂成幾個不同部分似的異和感。

狗，連個影子都沒看見。

♤

異和感……

那種異和感我經常感覺到。就像同時在拼湊兩組混雜在一起的拼圖遊戲的斷片時一樣的感覺。總之那種時候我就喝威士忌睡覺，早晨起來的狀況更慘，就這樣重複著。

眼睛睜開來時，我兩脇下居然出現兩個雙胞胎女孩。到現在爲止我已經經驗過好幾次了，不過兩隻手臂裏出現雙胞胎女孩卻眞的是頭一次。兩個人鼻尖碰著我的兩肩，像很舒服似地沉睡著。這是一個十分晴朗的星期天早晨。

兩個人終於幾乎同時醒過來，然後窸窸窣窣地把脫在床上的襯衫和牛仔褲穿上，就一語不發地到廚房去泡咖啡、烤土司，從冰箱拿出奶油一一排在餐桌上。動作眞是熟練。窗外高爾夫球場的鐵絲網上，不知名的鳥正停下來像機關槍掃射般叫個不停。

「叫什麼名字？」我問她們兩個，前一天的宿醉使我的頭快要裂開。

「沒有像樣的名字啊。」坐在右邊的說。

「眞的，沒什麼不得了的名字。」左邊說：「你懂嗎？」

「我懂了。」我說。

我們隔著餐桌面對面坐，啃著土司，喝著咖啡。那眞是美味的咖啡。

「沒有名字很傷腦筋是嗎？」一個問道。

「怎麼說呢？」

兩個人沉思了片刻。

「如果無論如何都希望有個名字的話，你就隨便幫我們取一個好了。」另一個建議道。

「你喜歡怎麼叫就怎麼叫好了。」

她們老是輪流著說，簡直像FM電台對口相聲似的。害得我頭更痛。

「例如呢?」我試著問。

「左邊跟右邊。」一個說。

「直的跟橫的。」另一個說。

「上面跟下面。」

「裏面跟外面。」

「東邊跟西邊。」

「入口和出口。」我也不甘示弱地勉強追加一句。兩個人面對面互相對看了一眼,滿足地笑了。

♤

有入口就有出口。大部分東西都是生來如此的。郵政信箱、電動吸塵器、動物園、醬油壺。當然也有不是這樣的,例如:捕鼠器。

公寓流理台下就放有一個捕鼠器，餌是用薄荷口香糖做的。因爲我找遍一屋子，除了這個以外，再也沒有其他稱得上食物的東西了。好不容易才從冬天的外套口袋裏，隨著電影票根一起被發現的。

第三天早晨，一隻小老鼠卡在那機關上，顏色就像倫敦免稅商店裏堆積如山的開絲米龍毛衣一樣，還很年輕的老鼠。換成人類的話，大約該是十五、六歲左右吧。正是寂寞難當的年齡。口香糖碎屑則滾在腳下。

我無從了解被捕捉是怎麼回事，後腳一直被鐵絲夾住，老鼠在第四天早晨死去，牠的姿態留給我一次教訓。

凡事必定要有入口和出口，這麼回事。

鐵路沿著丘陵，簡直像比著尺畫出來的一樣，一直線延伸出去。遙遠的前方暗綠色的雜木林，就像揉成一團團紙屑的形狀一樣看來好小。一條鐵軌一面粗鈍地反射著陽光，一面像互相重疊似地消失在綠色中。不管到那裏，一定也有跟這一樣的風景，永遠持續著吧。想到這裏就累。比起這來，地下鐵還好多了。

抽完煙我伸展一下身體，眺望天空。已經好久沒有眺望天空了。與其這麼說，不如說連好好眺望一樣東西這種行為本身都好久沒有出現過了。

天上沒有一片雲。而且整個模糊不清，被春天特有的不透明霧氣籠罩著。從那無處捉摸的霧氣上，天空的藍一點一點滲透進來。日光像微細的塵埃一樣，無聲地在大氣中照下來，然後讓誰也沒有感覺地沉積在地面。

溫和的風搖晃著光，空氣像林間成羣移動的鳥一般緩緩流動。風滑過沿著鐵路和緩傾斜的綠野，越過軌道，穿過樹林卻沒有搖動樹葉。杜鵑的啼聲，一勁穿透柔和的光，消失在遙遠的天際線上。丘陵起伏了好幾層，連成一列像睡著了的巨大的貓一樣，在時光的日照下蹲踞著。

腳痛得更厲害。

♤

再提有關井的事。

♤

十二歲那年直子來到這塊地上。以西曆來說是一九六一年。就是瑞克・尼爾生唱「哈囉!瑪麗路」的那年。當時這片綠色的山谷，還沒有任何足以引人注目的東西存在，只有幾戶農家、少數田地、爬滿螯蝦的河流、單線郊外電車和令人打哈欠的車站，如此而已。大多數的農家院子前面總種有幾棵柿子，院子角落則有一個任日曬雨淋，只要一靠上去就可能立刻會倒塌的那種穀倉，面向鐵路的穀倉牆上釘著衛生紙啦、肥皀之類的洋鐵皮廣告板。就是那樣一個地方。連一隻狗都沒有，直子說。

他們搬來住的房子，是在和朝鮮戰爭的時期建的兩層洋房。算不上怎麼寬大，不過粗壯的柱子，和配合用途精挑細選的上等材質，使這棟房子看來厚重而紮實。外表塗著三段深淺不同層次的綠色，每段顏色都因爲風吹日曬雨淋而褪色得很厲害，以至於完全溶入周遭的風景中了。院子很大，裏面有幾處樹林和小池塘，樹林裏還有一間當做工作房用的雅致八角亭，凸窗上還掛著已經完全看不出原有色彩的窗簾。池子裏水仙開得紛亂茂盛，一到早晨小鳥們都羣集在那裏戲水。

這房子的設計者也是最初的主人，是一位年老的西畫家，不過在直子搬來的前一年冬天，已經得了慢性肺炎死了。一九六〇年，巴比・伊唱「橡皮球」那一年。是個雨多得煩人的冬天。這塊地上幾乎很少下雪，但因此卻反而下了很多冷得可怕的雨。雨滲進泥土裏，地面被潮濕的寒氣覆蓋著，而地底則充滿了有甜味的地下水。

從車站沿著鐵路只要走五分鐘，就是掘井人的家。那是一個河邊潮濕的低地，一到夏天屋子四周就被蚊子和青蛙密密地包圍住。掘井人是個五十出頭脾氣古怪的男人，只是在掘井方面確實是個正牌的曠世奇才。只要有人託他掘井，他首先就會到拜託他的人家的土地上花好幾天走來走去，一面嘀嘀咕咕念著，一面不時用手抓起各種泥土來聞聞味道。等到發現認爲可以的地點時，才把幾個同夥的工人喊來，從地面一直線挖下去。

就因爲這樣，這地方的人才能喝到如此美味的井水。那淸澈冰冷的水，透明得簡直讓拿著玻璃杯的手都快變透明了。大家把這水稱爲富士雪水，那當然是騙人的，沒有理由流到這麼遠來。

直子十七歲那年秋天，掘井人被電車輾死了。因爲豪雨、冷酒加上重聽。屍體化成數千肉片飛濺到四周的原野，那用五個桶子回收時，七個警察不得不拿尖端帶鉤的長棍子，不斷揮趕著肚子餓扁的野狗羣。其實還有一桶左右的肉片掉進河裏、流進池塘當了魚餌。

掘井人有兩個兒子，可是沒有一個留下來繼承父業，都離開這塊土地，而留下來的房子誰也不敢接近，就那樣成了廢墟，經過漫長歲月已經漸漸腐朽了。從此以後，這塊地上就難得再有湧得出美味井水的井了。

我很喜歡井。每次看見井，就要丟石頭進去，沒有什麼比小石子在深井裏落在水面的聲音更使我覺得心境平和的了。

一九六一年直子一家搬到這塊地上來，是由父親一個人的意思決定的。一方面因爲和死去的老畫家是親密的朋友，一方面因爲喜歡上這塊土地。

♤

他在法文方面好像還是個頗有名氣的學者，不過卻在直子剛上小學時，突然辭掉大學的職務，從此隨心所欲地翻譯一些稀奇古怪的古書，過著頗愜意的日子。譬如像墮落的天使、破戒和尚、驅魔者、吸血鬼之類的書。詳細情形不太淸楚，我只有一次在雜誌上看過登出來的照片。聽直子說她父親年輕時候好像活得滿有趣的。從相片的風貌中多少可以看出那種感覺。戴著頂鴨舌帽、一付黑框眼鏡，眼光銳利地睨著鏡頭上方大約一公尺的地方，好像眞的看見了什麼。

♤

直子一家搬來的時候，這地方聚集了不少這類癡狂的文化人，形成一個殖民地似的模糊特區，或許就像俄羅斯帝國時代，將思想犯送到西伯利亞流放區一樣的情形。

關於流放區的事，我在托洛斯基的傳記裏讀過一點。不知道爲什麼，有關蟑螂和馴鹿的事，到現在還記得一清二楚。就拿馴鹿來說吧……。

托洛斯基藏身在暗影中，偷到馴鹿和雪橇，逃離流放區，四隻馴鹿拖著雪橇在冰天雪地裏不停地奔跑，吐出的氣息都凝成白霜，蹄印散落在處女雪上，兩天後到達停車場時，馴鹿已經精疲力盡地累倒了，從此再也起不來。托洛斯基抱起已死的馴鹿，淚如泉湧地在心中發誓，一定要爲這國家帶來正義、理想，而且要革命。到現在赤色廣場上還立著這四隻鹿的銅像。一頭朝東、一頭朝西、一頭朝南、一頭朝北。連史達林都不能破壞這些馴鹿，訪問莫斯科的人在星期六清晨到紅場參觀，該可以看見兩頰通紅的中學生們一面哈著白氣，一面用拖把擦這些馴鹿的清爽光景。

……關於這特區的事。

他們避開車站附近方便的平地，卻故意選擇山腰上蓋他們想蓋的各式各樣的房子。每一間房子都擁有大得離譜的院子，院子裏保留著原始雜木林、水池和山丘。有一家院子還有一條小河流過，河裏野生的鮎魚游來游去。

早晨他們在斑鳩的叫聲中醒來，一面踩著山毛櫸的果實一面在院子裏散步，停下來站定便抬頭看看從樹葉間穿透下來的晨光。

於是時光移轉，從都市中心急速向外延伸的住宅化浪潮也多少波及這塊土地。那是東京奧林匹克世運會的前後吧。從山上往下眺望，原來像遼闊的大海一般的大片桑田，已經被推土機整個推成黑色，以車站爲中心的平板街容便一點一滴地形成了。

新的居民都是大都市上班的中等薪水階層，早上五點一過從床上跳起來，迫不急待地洗把臉便匆匆趕電車，晚上很晚才像死掉了一樣又回來。

因此他們唯一能夠慢慢眺望自己的街道房屋的時間，只有禮拜天下午。而他們好像互相約好了似的都養起狗來。狗一一交配生下的小狗則變成了野狗，從前連狗都沒有的，直子說的就是這意思。

♤

我等了一個多鐘頭狗卻沒有出現。我點了十幾根煙，又踏熄。我走到月台中央，「喝了從水龍頭流出來冰得手指都要凍斷的甘美的水。」然而狗還是沒出現。

車站旁邊有一個大水池，看來像是把河流堵起來而形成的細長扭曲的池子。四周長著高大茂密的水草，偶而可以看見魚跳出水面，岸上有幾個男人相隔一段距離坐著，默默將釣魚絲垂在暗色的水面，釣絲像刺在水面的銀針般紋風不動。在春天迷濛的日光下，看來好像是釣魚的人帶來的白色大狗，正四處熱心地嗅著酢漿草的氣味。

狗來到離我十公尺左右時，我從欄杆上探身出去，試著喚牠，狗抬起頭來，以那淺得可憐的茶色眼睛望我，然後搖了兩三下尾巴，我彈響指頭，狗就走過來從欄杆間把鼻子湊過來用長舌頭舐我的手。

「過來！」我退到後面喊著狗，狗好像有些猶豫地轉回頭看看後面，不知如何是好地繼續搖著尾巴。

「到裏面來！我等好久了。」

我從口袋裏取出口香糖，把包裝紙剝掉讓狗看，狗起初一直注視著口香糖，終於下定決心鑽過欄杆來。我在狗頭上摸了幾下，然後用手心把口香糖揉成圓形，朝月台邊緣用力丟出去，狗一直線地飛奔過去。

我心滿意足地回家。

♤

在回程的電車上，我對自己說了好幾次，一切都到這裏為止，忘了吧！不是因為這個才來到這裏的嗎？可是怎麼忘得了呢？對直子的愛、和她已死的事實，結果沒有一件事是結束了的。

♤

金星是一個被雲層覆蓋著的悶熱星球。因為熱和濕氣，居民大部分都早死，甚至能活得了三十年就要變成傳說了。也因為這緣故，他們心中充滿了愛，所有的金星人都愛所有的金星人，他們既不恨別人、不羨慕別人、也不輕視別人、不說別人壞話、不殺人、不吵架，有的只是愛情和體貼。

「譬如今天就算有誰死了，我們也不傷心。」

金星生的沉靜的男人這麼說，「為了補償這些，我們只好在有生之年盡可能多愛一些，以免將來後悔。」

「你是說提前先愛起來嗎？」

「我實在不太清楚你們的用語。」他搖搖頭。

「真的能這樣稱心如意嗎？」我試著問道。

「如果不這樣的話，」他說：「那麼金星豈不要被哀愁埋沒了嗎？」

♤

我回到家，雙胞胎正像罐頭沙丁魚一樣並排鑽在被窩裏吃吃地偷笑。

「回來了啊。」一個說。

「到那裏去了？」

「車站哪。」我說著把領帶解開，鑽進雙胞胎中間閉起眼睛。啊！好睏。

「那裏的車站？」

「去做什麼？」

「很遠的車站，去看狗啊。」

「什麼樣的狗？」

「你喜歡狗啊？」

「白色好大的狗，不過也沒那麼喜歡。」

我點上一根煙，到我抽完爲止，兩個人都沉默不語。

「傷心嗎？」一個問。

我默默點點頭。

「睡吧？」另一個說。

於是我就睡了。

♤

這是關於「我」的事，也是一個叫做老鼠的男人的事。那年秋天，「我們」住在一個離市區七十公里之外的地方。

一九七三年九月，這本小說從那時開始。那是入口，我想如果有出口的話該多好，如果沒有的話，那麼寫這文章就毫無意義了。

關於彈珠玩具的誕生

首先想得起雷蒙・莫洛尼這人物名字的人恐怕沒有。過去曾經有過那麼一個人存在，然後死去。只不過是這麼回事。關於他的生平誰也不清楚。只有那深井底下的豉蟲或許知道。

不過彈珠玩具歷史上第一號機在一九三四年，是由這位人物手中，撥開技術黃金之雲，帶到這汚穢遍布的地上來，卻是歷史上的一個事實。而那正好也是當阿道爾夫・希特勒隔著所謂大西洋這巨大的水窪，正要伸手攀上架往威瑪的梯子的第一段的同一年。

話說回來，這位雷蒙・莫洛尼氏的人生，並不像萊特兄弟或馬爾堪・貝爾那樣，充滿神話的色彩。既沒有讓人心中暖暖的少年時代的插曲，也沒有戲劇性的歡呼。只有在爲那些喜歡特殊趣味的讀者所寫的特殊趣味專門書的第一頁上留有那名字。一九三四年，彈珠玩具的第一號機是由雷蒙・莫洛尼氏所發明的。如此記載，連照片都沒登出來，當然也沒有肖像，更沒有銅像。

或許你會這麼想：如果沒有這位莫洛尼氏存在的話，今天歷史上彈珠玩具的歷史就要完全改觀了。不，或許根本不會存在也說不定。如果眞是這樣，那麼我們對莫洛尼氏的不當評價可不是一種忘恩負義的行爲嗎？但是如果你有機會看到由莫洛尼氏手中完成的彈珠玩具第一號機「巴力夫」的話，這疑問一定會煙消霧散，因爲那機器並沒有任何足以刺激我們想像力的要素。

彈珠玩具機和希特勒的腳步，具有某種共通點，他們雙方都伴著某種可疑性，以時代的泡沫生在這世上，此外他們進化的速度比他們存在本身更獲得神話式的靈感。進化有賴三個車輪推動，也就是由技術、資本投入，和人們根源的慾望所支持。

人們以可怕的速度，對這像泥塑人形似的樸素彈珠玩具不斷賦與各種能力。有些喊著「發出光來！」有些喊著「通電！」有些叫著「打揮把！」而光線照出面盤，電氣以磁石的力量將彈珠彈出，而揮把的兩根棒子則把它彈回去。

得分將玩的人的伎倆以十進位數字換算出來，對過強的搖動則有犯規燈相應。其次又誕生了所謂連續數列 sequence 這形而上學的概念，得獎燈、增加球、重打等各種學派從此產生。而且在這段時期，彈珠玩具機器就變成像附上某種咒術性似的了。

♤

這是一本有關彈珠玩具的小說。

♤

研究彈珠玩具的書《得獎燈》的序文這樣寫著：

你能從彈珠玩具機器獲得的東西幾乎等於零。只不過是換算成數值的自尊而已。而因此失去的東西卻數也數不清。包括可以塑造所有歷代大總統銅像那麼多的銅幣（假定你是有意爲理查·M·尼克森塑造銅像的話），還有無法復得的寶貴時間。

當你在彈珠玩具機前繼續消磨著孤獨的同時，可能有人正在繼續讀著普魯斯特。或許有人正在露天汽車電影院和女朋友一面看著『豪勇追蹤』，一面激情地熱擁。而他們或許成了洞察時代的作家，或結成幸福恩愛的夫妻。

可是彈珠玩具機卻不會帶你走上任何地方。只有『再來一次』(replay)的燈又亮起來而已。replay、replay、replay……簡直讓你覺得彈珠遊戲本身就好像以萬劫不復爲目的似的。關於永劫性我們大部分人都不清楚。不過那影子倒可以推測出來。

彈珠遊戲的目的並不在自我表現，而在於自我變革。不在於自我擴大，而在於縮小。不在於分析，而在於總結。

如果你的目的是在自我表現、或自我擴大或分析，那麼你一定會從犯規燈得到毫不容情的報復。

Have a nice game 祝你玩得愉快。

1

當然一定有許多方法可以分辨雙胞胎姊妹吧。不過非常遺憾的是我連一樣都不知道。不但長相、聲音、髮型，一切都一樣，而且也沒有任何痣或胎記，我只好舉雙手投降。眞是完美無瑕的複製品。不但對某種刺激的反應相同，吃的東西、喝的飲料、唱的歌、睡覺時間、甚至生理期間都一樣。

所謂雙胞胎到底是一種什麼樣的情況，眞是個超越我想像力之外的問題。但是如果我有雙胞胎兄弟，而我們兩人一切的一切都一樣的話，那我想我一定會陷入可怕的混亂中，或許因爲我本身有什麼問題吧？

可是她們兩個卻過著極其安穩的日子，當她們發現我居然無法分淸她們兩個的時候，簡直非常的驚訝，甚至非常的憤怒。

「可是我們完全不一樣啊！」

「根本就不同嘛！」

我一句話也沒說，只聳聳肩。

她們兩個進到我的屋子裡來以後，到底多少時光流逝了，我也不知道。自從和她們一起生活以來，我內部對時間的感覺，眼看著退化了。那或許正如細胞分裂而增殖中的生物對時間所抱持的感情相同吧。

♤

我和我的朋友在由澁谷往南平台之間的坡道上租了一間大廈中的房子，開了一家以翻譯爲業的辦公室。資金是由朋友的父親出的，不過說起來也算不上什麼驚人的金額，除了房子押金之外，只買了三張鋼製辦公桌、十幾本字典、電話，和半打波本威士忌而已。剩下的錢定做了一個鐵製招牌，隨便想個名字刻上去掛在門口，在報上登了廣告之後，兩個人四條腿便架到桌上，一面喝起威士忌，一面等著客人上門，這是七二年春天的事。

經過幾個月下來，我們發現居然挖到了豐富的礦脈，驚人數量的委託翻譯文件湧進我們狹小的辦公室來，而我們以那收入買了冷暖氣機、冰箱，和家庭式酒吧組合。

「我們是成功者了。」朋友這麼說。

我滿足得心都痛了，有生以來第一次聽到有人對我說這樣動人心絃的話。

朋友負責跟印刷廠交涉，一手包辦所有需要印刷的翻譯文件，連回扣都拿了。我則在外語大學召集了幾個能力高強的學生，讓他們幫忙處理繁雜的初譯稿，還請了一個女職員，把一些雜務、行政和連絡的事交給她，是一位剛從商校畢業，腿長心細的女孩，除了一天要哼上二十次「PENNY LANE」（而且省略一切花腔顫音）之外，實在也沒什麼缺點。朋友還說這調調啊，才對路呢！所以我們付給她相當於一般公司薪水的百分之一百五十，獎金五個月，夏天、冬天另外給假十天。就這樣我們三人各自心滿意足幸福地過著日子。

工作房有2DK（兩房帶餐廳、廚房），不過很妙的是餐廳兼廚房夾在兩個房間中央。我們用火柴棒抽籤，結果我抽到裡面的一間，朋友佔了前面靠玄關那間，而女孩子則坐在中央的餐廳，一面唱著「PENNY LANE」一面整理帳簿，泡泡威士忌加冰塊，或噴噴蟑螂藥。

我以必要經費買了兩個文件櫥放在書桌兩側，左側放還沒翻譯的，右邊堆翻譯好的。

文件的種類和委託的主人也眞是五花八門。從有關於球承軸的耐壓性的「美國科學」記載、一九七二年度全美雞尾酒年鑑、威廉•史泰隆的隨筆，到安全刮鬍刀的說明書等各式各樣的文件，我把他們夾上「某月某日截止」的標籤，堆積在左邊的桌上，經過一段必要時間的處理之後，移到右邊。而每完成一件，就喝乾一根手指頭寬的威士忌。

沒有一樣需要加以思索的，因爲以我們的段數來翻譯就有這個優點，左手拿著硬幣，啪一聲疊到右手上，左手空了，右手留下硬幣，不過是這麼回事。

十點鐘到辦公室，四點離開辦公室。星期六三個人到附近的狄斯可舞廳，一面喝著J&B，一面在聖塔那的樂團伴奏唱片聲中跳舞。

收入還不錯，公司收入之中扣掉辦公室租金、微少的管銷費、女孩子的薪水、工讀生的工資、還有稅金，剩下來的分爲十等份，一份當公司的儲蓄，五份他拿、四份我拿。雖然這是一種原始做法，不過在桌上把現金攤開來平分確實是一件開心的作業。令人想起「江湖浪子」中史蒂夫麥昆和愛德華•羅賓遜玩撲克牌遊戲的一幕。

他拿五、我拿四的分配，倒覺得滿妥當的。經營實務都推給他，而我喝太多威士忌的時候他也從不抱怨地容忍我。何況朋友有一個病弱的妻子、三歲的兒子，和散熱氣故障的VW車，所以老是抱怨著開銷不夠。

「我也要養兩個雙胞胎女孩。」有一天我試著這樣說，當然他是不會相信的。所以依然還是他拿五，我拿四。

就這樣，我二十五歲前後的季節便如此流過。如同午後日影一般和平的每一天。

「凡經由人手所寫出來的東西，若不能讓人了解則無法存在。」是我們以三色印刷的說明書冠冕堂皇的標題。

半年一次如期來臨的可怕空閒期一到，我們三個人就站在澁谷車站前，無聊透頂地散發這說明書。

到底多少時光溜走了呢？我這樣想。在無止境的沉默中我繼續走著。工作完畢回到公寓，一面喝著雙胞胎泡的香濃咖啡，一面一次又一次地讀著《純粹理性批判》。

有時候，覺得昨天的事像是去年的事，去年的事又覺得像是昨天的事。甚至嚴重的時候，明年的事也覺得像是昨天的事一樣。有時一面翻譯著一九七一年九月號的"Esquire"（老爺雜誌）上刊載的甘尼士・泰南的〈波蘭斯基論〉，卻一直想著球軸承的事。

好幾個月，好幾年，我只是獨自一人繼續坐在深水游泳池裡。溫暖的水與柔和的光，然後沉默、然後沉默……

♤

只有一個辦法可以分辨雙胞胎。那就是她們穿的長袖運動衫。完全褪了色的海軍藍襯衫的胸前，印著反白的數字，一個是「208」，另一個是「209」。「2」在右邊的乳頭上，「8」或「9」則在左邊的乳頭上。「0」正好夾在那中央。

那號碼到底意味著什麼？我在最初那天問她們兩個。她們說什麼也不意味。

「好像是機器的製造號碼吧。」

「你指什麼？」一個問。

「也就是說，像妳們這樣的人有很多，那208號和209號啊。」

「那有這回事？」209說。

「我們生下來就只有兩個人哪。」208說。「而且這運動衫是領來的噢。」

「在那裡？」我說。

「超級市場的開幕紀念哪，最先到的幾個人可以免費贈送的。」

「我是第209個客人哪。」209說。

「我是第208個客人。」208說。

「我們兩個買了三包衛生紙噢。」

「OK，那麼這樣好了。」我說「我叫妳208，叫妳209。這樣就可以分出來了。」我輪流指著她們。

「沒有用啊。」一個說。

「爲什麼？」

兩個人默默脫下襯衫，互相交換後又蒙頭套上。

「我是208。」209說。

「我是２０９。」２０８說。

我嘆了一口氣。

雖然如此我遇到非要區別她們兩人不可的時候，還是不得不依賴號碼。因爲除此之外簡直沒有任何方法可以識別她們。

除了那襯衫之外，兩個人幾乎沒有別的衣服。她們大概是在散步途中，走上人家的房間，就那樣住下來的。而且實際上大概就是這樣。我每次都在一星期開始的時候給她們一點錢，叫她們去買一些必要的東西，可是她們除了必需的食物之外，只會買咖啡和餅乾。

「沒有衣服不是很麻煩嗎？」我試著問道。

「不麻煩哪。」２０８回答。

「我們對衣服沒興趣。」２０９說。

每星期一次她們非常愛惜地在浴室洗那長袖襯衫。我在床上讀著《純粹理性批判》不小心抬起頭，看見兩個人赤裸地在浴室磁磚上並排洗著襯衫的姿態。那時候，我眞正覺得自己來到了一個遙遠的地方。不曉得爲什麼，自從去年夏天，在游泳池跳板下掉了假牙以來，就經常會有這種感覺。

我工作完畢回來時，朝南的窗邊常常可以看見208號和209號的襯衫像旗子一樣飄揚著，那時候我眼淚都快掉下來。

♤

爲什麼住進我屋子裡來呢？要住到什麼時候呢？首先最主要的妳們到底是什麼？年齡呢？生在那裡？……我什麼都沒問。她們也什麼都沒說。

我們三個人喝著咖啡，傍晚就到高爾夫球場散步找失落的球。在床上互相調戲喧鬧，每天過著這樣的日子。主要的精采節目是新聞解說，我每天花一個鐘頭爲她們解說新聞。她們兩人眞是令人驚訝地什麼都不知道。連緬甸和澳洲都分不清楚。越南分成兩部分正在戰爭這件事也花了三天才算了解。說明尼克森砲擊河內的理由又花了四天。

「你支持那一邊呢？」208問。

「那一邊？」

「就是南邊跟北邊啦。」２０９說。
「這個嘛，我也不曉得。」
「爲什麼？」２０８問。
「因爲我不住在越南哪。」
兩個人都對我的答案不以爲然。連我自己也難以接受。
「因爲想法不同所以打仗對嗎？」２０８又追究。
「也可以這麼說。」
「那就是說有兩種對立的想法囉？」２０８說。
「對呀。不過這地球上有一百二十萬種左右的對立想法喫。不、或許還有更多呢！」
「你是說幾乎跟誰都不能做朋友囉？」２０９說。
「大概吧。」我說：「幾乎跟誰都無法變成朋友。」
那是我一九七〇年代的生活模式。杜斯妥也夫斯基預言，而我證實。

2

一九七三年秋，彷彿隱藏著某種惡意的東西，就像鞋子裡卡著小石子一樣，老鼠可以清楚地感覺到。

那年短促的夏天，就像被九月初不明確的大氣波動所吸走似地消失了，而在老鼠心中卻還殘留著僅有的夏的殘影。舊T恤、剪短的牛仔褲、海灘涼鞋……依然沒變地穿著這種裝束來到「傑氏酒吧」，跟坐在吧枱後的酒保——傑，面對面一點一點地繼續喝著冰得過頭的啤酒。五年以來第一次又開始抽起煙，每十五分鐘就看一次手錶。

對老鼠來說，時光之流簡直像在某一點上忽然切斷了似的，爲什麼變成這樣呢？老鼠也搞不清楚。連切口也沒辦法找到。手上拿著已經死去的繩子，他在初秋的昏暗中徬徨著。橫越過草地、穿過河流，推開一扇又一扇的門。可是已死的繩索卻無法引導他到任何地方。像冬天羽翅脫落的蒼蠅一樣，像面臨海洋的河流一樣，老鼠只覺無力和孤獨。不知什麼地方正開始吹著惡風，曾經團團圍繞著老鼠的親密空氣，也好像已經吹到地球底層去了似的。

一個季節打開門去了，另一個季節則從另一扇門走進來。人們急急忙忙地開門，喂！請等一下，喊道還有一件事忘了呢。可是那裡已經沒有任何人，門關上了。屋子裡已經端坐著另一個季節，擦亮火柴點起香煙。如果有什麼事忘了的話，它說，就說給我聽吧！說不定我可以爲你傳話呢。不、不用了，人這樣說，沒什麼重要的事。只有風聲覆蓋了四周，沒什麼了不起的事，只不過是一個季節已經死了。

♤

每年都一樣，從秋天到冬天的清冷季節，從大學被趕出來的有錢青年，和孤獨的中國酒保，就好像年老的夫婦一樣，肩並肩地度著日子。

秋天總是令人討厭的季節。夏天之間放假返鄉的少數他的朋友，等不及九月到來，就留下短短的告別語，回到他們自己遙遠的家鄉。老鼠的周圍，雖然僅有短暫的期間，但包圍著類似靈氣一般的光輝也消失了。而且溫暖的夢的殘影也像細微的河川一般，無影無蹤地被吸入秋天砂地的底層。

另一方面，對傑來說，秋天也決不是一個可喜的季節。因爲一到九月中旬以後，店裡的客人眼看著減少。雖然往年也都如此，但這年秋天蕭條的情況更令人看了心驚。而不管傑或老鼠都不曉得理由何在。即使到了打烊的時間了，用來炸薯條的削好的馬鈴薯居然還有大半桶剩下來。

「從今以後才要開始忙呢！」老鼠安慰著傑。「然後下次忙不過來的時候，又要抱怨了。」

「誰曉得。」

傑在拿進櫃台內的凳子上沉重地坐下，一面用冰塊夾的尖端把土司上的奶油刮落，一面疑惑地這樣說。

今後會變成什麼樣誰也不知道。

老鼠默默地翻著書，傑一面擦著酒瓶，一面用生硬的指法抽起煙屁股。

♤

對老鼠來說，時間之流的均質性一點一滴地喪失是從三年多前開始的。從大學退下來的那個春天。

老鼠離開大學當然有幾個理由，而那幾個理由在互相糾纏下達到某種溫度時，導火線終於發出聲音爆開了，於是有些東西留下來，有些東西迸裂飛散，有些東西死了。

放棄念大學的理由沒有向任何人說明。如果要詳細說明的話，恐怕要花上五個鐘頭吧。而且如果對某一個說了，或許其他的人也會想聽，不久就會落到必須對全世界說明的地步。光想到這裡老鼠已經打從心底覺得厭煩。

「因為看不慣中庭除草的方式。」碰到非得說明一點什麼的時候就這樣說。說眞的居然有女孩子因此而去觀察中庭的草皮呢。也沒那麼壞呀！他說。雖然是有一些紙屑散落在草地上，不過……。這是偏好問題，老鼠說。

「我這邊跟學校那邊都沒辦法互相喜歡哪。」心情多少輕鬆一點的時候，也曾經這樣說過。然後就不再說下去了。

這已經是三年前的事了。

隨著時光流逝，一切也都成為過去了。那幾乎快得難以令人相信。而且有一段時期，曾經使他激烈地起伏的幾度感情激流也急速地褪色，化爲毫無意義的古老夢境似地變形了。

老鼠進大學那年便離開家，搬進他父親曾經用來當書房的大廈中的一個房間。雙親也沒有反對。本來就打算要買給這兒子的，而且覺得讓他一個人生活吃點苦頭也不是壞事。

其實那在誰怎麼看來都不能算是吃苦。就像香瓜不會看成青菜一樣的道理。房間眞是設計得寬敞舒適的2DK兩房一廳附廚房、空調、電話、十七吋彩色電視、有蓮蓬淋浴的浴室，得意洋洋的地下停車場，況且還附有可以日光浴的理想而瀟灑的陽台。從朝東南方最高樓的窗口還可以一望無際地眺望街容和海景。兩邊的窗子一打開，濃郁的樹香和野鳥叫聲便隨著風吹進來。

安詳安靜的午後時光，老鼠就在藤椅上度過，漫不經心地閉著眼睛，可以感覺到和緩如水的時間便從他身邊流過。好幾個鐘頭、好幾天、好幾星期，老鼠就如此模樣地繼續送著時光。

偶而也曾想起幾個微小的感情之波，在他心中蕩漾著。那時候老鼠就閉起眼睛，把心緊緊地關閉著，靜靜等候那波浪過去。那是夕暮來臨之前短暫的昏暗時分。波浪起伏過去之後，簡直就像什麼也不曾發生過似的，往常那輕悄的平穩又再度來造訪他。

過。

3

除了來推銷報紙的人之外，會來敲我們的人簡直沒有，所以既沒開過門，連應聲回答也沒有過。

可是那個禮拜天早晨的訪問者，卻連著敲了三十五次門。沒辦法只好半閉著眼睛從床上爬起來，一邊斜靠著門一邊把門打開。一位穿著灰色工作服四十開外的男人，像抱一隻小狗似地手捧一頂安全帽站在走廊下。

「我是電信局來的。」男人說。「要換配電盤。」

我點點頭。不管怎麼刮還是永遠刮不乾淨的黑臉男人，連眼睛下面都長了鬍子，看起來怪可憐的樣子。不過總之我睏死了，因爲跟雙胞胎一直玩紙牌玩到早上四點。

「下午來可以嗎？」

「不現在換的話有麻煩喏。」

「爲什麼?」

男人從貼在大腿外側的口袋裡，摸摸索索地找了一下，抱出一本黑記事本來給我看，「一天份的工作已經固定了，這一區做完了馬上又要移到別的區，你看!」

我從反方向探頭看了一下，確實這一區只剩下這一間公寓了。

「到底是什麼樣的工程?」

「很簡單的，只要把配電盤取出來，線切斷，接上新的，這樣而已。只要十分鐘就夠了。」

我想了一下，還是搖搖頭。

「現在這個沒什麼不方便哪。」

「現在的是老式的啊。」

「老式的也沒關係呀。」

「先生，請聽我說好嗎?」男人說著考慮了一下，「問題不在這裡呀，這會給大家帶來很大的麻煩的啦。」

「怎麼說呢?」

「配電盤都跟本公司的大電腦接在一起喲，如果只有府上的跟別人的發出不同的信號，那麻煩可就大了啊。您懂嗎？」

「我懂。硬體和軟體統一的問題吧。」

「既然您懂的話就讓我換一下好嗎？」

我只好不再堅持地把門打開，讓男人進來。

「可是爲什麼配電盤會在我房間裡呢？」我試著這樣問他。「不是應該在管理員室或別的什麼地方嗎？」

「一般來說是這樣的。」男人一面說著一面在廚房牆上仔細地檢查尋找配電盤。「不過啊，大家都覺得配電盤很礙事，因爲平常又不用，而且體積又大。」

我點點頭。男人只穿著襪子站到廚房的椅子上往天花板找。可是什麼也沒找到。

「簡直像尋寶一樣，大家都把配電盤扔進想都想不到的地方啊，眞可憐。可是屋子裡偏偏擺一些大而無當的鋼琴哪、洋娃娃櫃子之類的擺飾，眞奇怪啊。」

我很同意。男人放棄了廚房，一面搖搖頭，一面穿過房間把門打開。

「就拿我上次去的大廈來說吧，那配電盤哪眞可憐，你猜擺在什麼地方？連我都……」

男人說到這裡忽然吞了一口氣，因爲房間角落裡放著巨大的床，雙胞胎正並排躺在床上，中間只留著我的空間，把毛毯拉到肩膀只露出頭來。工人呆呆的十五秒之間說不出話來，雙胞胎也沉默著，所以沒辦法只好由我來打破沉默。

「喂！這位是做電話工程的人。」

「你好。」右邊的說。

「辛苦了。」左邊的說。

「噢……妳們好。」施工的人說。

「他來換配電盤。」我說。

「配電盤？」

「那是什麼？」

「控制電話回路的機器呀。」

搞不懂。兩個人都說。於是我把剩下的說明讓給施工的人來。

「嗯……也就是說，好多條電話的路線集中在這裡。怎麼說呢，比方說有一隻母狗，下面跟著好幾隻小狗噢，這樣懂了嗎？」

「？」

「不懂啊。」

「嗯……然後那隻母狗啊要養那幾隻小狗……如果母狗死了的話，小狗也會死掉，就是這麼回事，所以母狗快要死的時候，我們就要換一隻新的母狗啊。」

「哇好棒！」

「不得了。」

我也好感動。

「就因爲這個原因今天來到府上，各位正在睡覺眞不好意思。」

「沒關係呀。」

「請你務必幫我們看看。」

男人總算舒了一口氣似地拿起毛巾擦汗，環視了房間一周。

「那麼不得不再來找配電盤囉。」

「根本不必找嘛。」右邊的說。

「在壁櫥裡，把板子拆下來吧！」左邊的說。

我非常驚訝。「喂！你們怎麼知道的？連我都不知道啊。」

「不是說配電盤嗎？」

「滿有名的嘛。」

「眞被妳們弄迷糊了。」工人說道。

♤

十分鐘左右施工就完成了。那其間雙胞胎頭靠著頭一面說著悄悄話，一面咯咯偷笑著。使得男人好幾次配線都沒弄好。施工完了之後雙胞胎在床上摸摸索索地把襯衫和牛仔褲穿上後就到廚房幫大家泡咖啡。

我把以前工程人員留下來的丹麥夾心餅乾拿來請他，他非常高興地接過去，就著咖啡一起吃。

「對不起我從早上到現在還沒吃東西呢。」

「你沒有太太嗎？」208問道。

「不，有啊，不過禮拜天早上她不肯起來。」

「那眞可憐。」209說。

「我也不喜歡在禮拜天工作啊。」

「要吃煮蛋嗎？」我也覺得怪可憐地問起來。

「噢不用了。那太過意不去了。」

「不麻煩哪。」我說：「反正大家的份一起做啊。」

「好吧！那就不客氣了，煮半熟就好……」

一面剝著蛋，男人一面繼續說：

「我也已經到各家跑了二十一年了，像今天這樣倒是第一次。」

「你指什麼？」我問。

「就是說，嗯……跟雙胞胎女人一起睡覺的人哪。噢，先生你一定非常了不起？」

「也沒什麼啊。」我一面啜著第二杯咖啡，一面說。

「眞的？」

「眞的啊。」

「他很行噢。」208說。

「跟野獸一樣。」209說。

「眞搞不清楚。」男人說。

♤

我想他眞是搞不清楚了，連舊的配電盤都忘了帶走就是一個證據。或者那是當做早餐的謝禮也說不定。總之雙胞胎一整天就在玩那個配電盤。一下說那個該是母狗，那些地方算是小狗，你一言我一語地胡說八道一番。

我沒有理會她們，下午一直繼續做著我帶回來翻譯的工作。幫忙翻譯初稿的工讀生正在考試期間，所以我的工作堆積如山，雖然還算翻得滿順利的，可是過了三點之後，就像電池快用完了一樣，速度開始降下來，四點的時候一切都死滅了，連一行都無法進行。

我放棄工作，兩肘支在鋪了玻璃墊的桌上，朝天花板噴煙，煙霧在午後微弱的光線中，緩緩地像原生動物的外皮層似地徬徨著。玻璃墊下夾著從銀行領來的小月曆，一九七三年九月……簡直就像做夢。一九七三年，從來也沒考慮過到底有這樣的一年存在嗎？想到這裡不知為什麼覺得極端的怪異。

「怎麼了？」208問。

「好像很累的樣子噢，要不要喝咖啡？」

兩個人點個頭走向廚房，一個咔啦咔啦地碾咖啡豆，一個燒開水溫杯子。我們在窗子邊的地板上排成一排坐下來，喝熱咖啡。

「翻得不順利嗎？」209問道。

「好像是。」我說。

「一直虛弱下去了。」208說。

「妳說什麼？」

「配電盤哪。」

「母狗。」

我打從肚子底下嘆出一口氣，「妳們眞的這樣想？」

兩個人點點頭。

「快要死掉了噢。」

「對呀。」

「那妳們想怎麼辦才好呢？」

兩個人搖搖頭。

「不曉得啊。」

我默默抽著煙。「要不要到高爾夫球場去散散步？今天是禮拜天，或許有不少遺失的球。」

我們玩完一個鐘頭左右的西洋雙陸棋之後，就跨進高爾夫球場的鐵絲網，在沒有一個人的黃昏夕暮下，沿著高爾夫球道走著。我用口哨吹了兩次米爾得瑞貝利的「It's so peaceful in the country」。兩個人便誇獎道：好好聽的曲子啊。不過遺落的球倒是一個也沒撿到。居然也有這樣的日子。一定是全東京的雙人賽球員都集合到這裡了，不然就是高爾夫球場開始飼養專門找球的英國獵犬了。我們無精打采地回到屋裡。

4

無人的燈塔，在轉了幾個彎的長長的堤岸尖端站立著，大約三公尺高，並不怎麼大。在海水開始被污染，沿岸的魚完全消失無蹤以前，曾有幾隻船利用過這燈塔。算不上是個港口，只有在海邊架構起像鐵道枕木一樣簡單的木柵，漁夫們就用絞車拉繩子，把漁船拉靠上岸，大約有三間漁家住在海邊，趁著早晨在防波堤內把捕獲的小魚裝進木箱裡晒乾。

一來因為魚消失了，一來因為住宅區裏居民似乎不太希望有漁村夾在裏面，而且漁夫們在海邊搭蓋的小屋，也本來就屬於市有地的非法占用違章建築，因為這三個理由漁夫們便離開這地方了。這是一九六二年的事。至於他們到何處去了也就不得而知。三間小屋完全荒廢了，而老朽化的漁船，既沒有用也沒地方丟，就擱在沙灘的樹林間，變成孩子們玩遊戲的地方。

漁船消失後，利用燈塔的船隻，說來頂多也只有一些在沿岸打轉的帆船遊艇，或遇到濃霧或颱風時來避一避的港外停泊中的貨船。就這樣，或許也只能發生一點什麼作用的程度而已吧。

這燈塔粗短而黑，就好像把鐘蒙起頭倒叩了一樣。也好像是一個正在沉思中的男人的背影。日落後，夕陽餘輝中青光流轉時，鐘的把手部分，便亮起橘紅色的燈光，那光慢慢開始轉動。燈塔經常都能在黃昏夕暮中正確地捕捉住那一點，無論晚霞滿天時，或暗霧迷濛中，燈塔所捕捉的瞬間經常是相同的。光明與黑暗互相混合，就在黑暗快要超越光明的那一瞬間。

少年時代，老鼠爲了在夕暮中眺望那瞬間的交替，不知到過這海邊多少次。海浪不高的午後，一面數著堤上古老的砌石，一面步向燈塔。也可以從清澈的海面，看到初秋時分的小魚羣，牠們像在追尋什麼似地，在堤岸邊繞著圈子然後才游到浪裏去。

終於走到燈塔前，在堤岸尖端坐下來，慢慢眺望著四周。天空流著幾絲像用毛刷梳過的細雲，一望無際的滿滿靑一色的藍，藍得沒有底的深，那深度使這少年禁不住兩腿發抖，一種類似害怕的抖顫。海潮的香氣、風的顏色，一切都鮮明得令你訝異。他花了很長的時間，把周遭的風景一點一滴地染遍心裡，然後才慢慢地回過頭。這次則眺望那完全被海所阻隔的他自己所屬的世界。白色的沙灘和防波堤、綠色的松林像被推倒壓扁了似的低低地擴展開，而那背後藍黑色的山嶺，朝向天空清晰地排列著。

左邊遠方有一個巨大的港，可以看見好幾輛起重機、浮船塢、箱子般的倉庫、貨船、高層大廈之類的東西。右邊沿著向內側彎曲的海岸線，則有寧靜的住宅區、遊艇港，和釀酒公司的古老倉庫連續著，這些告一段落之後，接下去是工業地帶球形的儲藏槽和成排的高煙囪，那白色排煙迷濛地籠罩著天空。而那對於十歲的老鼠來說，就算是世界的盡頭了。

幾度從春天到初秋，老鼠整個少年時代不知到過那燈塔多少次。浪高的日子浪花濺洗他的腳，風在頭上呼號，長了青苔的石板路好幾次都使他的小腳滑跤。雖然如此，通往燈塔的路，對他來說仍然是比什麼都親切的地方。坐在堤岸尖端，側耳細聽海潮的聲音、眺望天空的雲或海裡的小鰺魚羣，伸手從口袋摸出預先裝滿的小石頭就往海面扔。

晚霞開始籠罩天空的時候，他又沿著同一條路回到他自己的世界去，而在歸程中，一種無從捉摸的哀愁總是淹沒了他的心。因爲前方等著他去的那個世界，實在太寬闊，而且太強大了，讓他覺得好像沒有一個多餘的地方可以讓他潛進去似的。

女人的家就在堤岸附近。老鼠每次去她那裏時，就會憶起少年時期模糊的情緒和黃昏的氣息。在濱海道路上把車停下，穿過砂地上並排防砂用的稀疏松林，腳下便發出砂石乾乾的聲音。

公寓就蓋在以前漁夫小屋的附近。只要往下挖幾公尺就會湧出赤褐色的海水似的土地。公寓前庭種的美人蕉好像被踏過似的東倒西歪。女人的房子在二樓，風大的日子細砂啪噠啪噠地敲在玻璃窗上。雖說是一間朝南的雅緻公寓，卻莫名地飄著陰鬱的空氣。女人說是因爲海的原因，太近了嘛！海潮的氣息、風、浪的聲音，魚的氣味……一切的一切都是啊。

沒有魚的氣味呀，老鼠說。

有啊！女人說。然後把繩子一拉百葉窗簾便啪一聲關起來。你只要住在這裡就知道了。

砂敲打著窗子。

5

我學生時代住的公寓，沒一個人有電話。連橡皮擦是不是有一塊都很難說。管理員室前面有一張從附近小學淘汰下來的低矮桌子，那上面擺著一個粉紅色的電話，而那就是整個公寓裏唯一的電話了。因此沒有任何人注意到配電盤的事，那是個和平時代的和平世界。

因爲經驗證明管理員從來不會守在管理室裡，所以每次電話一響，就必須由住在裡面的某一個人去把聽筒捉來聽，再跑去喊人。當然不高興的時候（尤其是半夜兩點之類的）誰也不會去接。電話就像一隻預感著死亡將臨的大象一樣，瘋狂地號叫好幾聲（三十二聲是我算過最高的次數），然後死去。死去這字眼完全同文字所寫的。鈴聲的最後一響衝破公寓長長的走廊，然後被黑暗吸進去，突然四周一片死寂，實在是怪恐怖的沉寂。每個人都躲在棉被裡暫停呼吸，想著已經死去的電話。

深更半夜的電話每次總是黑暗的電話，有人把話筒拿起來，然後開始小聲說。

「別再提這件事了……不是啦、不是這樣……可是一點辦法都沒有、對嗎？……沒騙你呀。我爲什麼要說謊？……沒有、只是累了……我當然覺得不對呀……所以呀……好了、我知道了、所以請你讓我考慮考慮好嗎？……電話裡面說不清楚啦……」

好像每個人都滿滿抱著好多煩惱似的。煩惱像雨一樣從天上降下來，而我們瘋狂地把它們撿集起來，拚命往口袋裡塞。爲什麼會那樣做？到現在都還弄不淸楚，是不是跟別的什麼東西搞錯了呢？

也有電報來過。半夜四點左右公寓門外停下一部腳踏車，粗暴的腳步聲響亮地穿過走廊，然後在某個人的房門上用拳頭敲著，那聲音老是使我想起死神的到來。咚、咚。好幾個人的生命斷絕、頭腦瘋狂、把自己的心埋進時光的沉澱裡，任身體在漫無邊際的思緒中焦慮，互相給對方添麻煩。一九七〇年，就是那樣的一年。如果人眞的是一種生來就該以辯論法自我抬舉的生物的話，那一年確實也是教訓的一年。

我住在一樓管理員室的隔壁房間，而那位長頭髮的少女則住二樓樓梯邊。電話打來次數最多的，她是全公寓的冠軍，結果我只好倒楣地在那滑溜溜的十五段階梯之間，往返數千次之多。實在眞是有各式各樣的電話打來找她。有彬彬有禮的聲音、有事務性的聲音、有悲傷的聲音、有傲慢的聲音。而那些各種不同的聲音都告訴我她的名字，可是我已經完全把她的名字忘得一乾二淨，只記得是個平凡得令人傷心的名字。

她總是對著聽筒，以低低的、累得要命的聲音說話。幾乎全都聽不清楚的喃喃聲。臉長得是滿漂亮的，只是總帶一點陰鬱的感覺。有時候在走道上擦身而過，卻從來沒有開過口，簡直像在深奧的熱帶叢林的小徑上，騎著白象往前走一樣，她以那種臉色走過。

♤

她在那公寓住了大約半年，從秋初到冬末的那半年。

我拿起聽筒、走上樓梯、在她房門上敲敲，叫一聲妳的電話噢，隔一會兒，她說謝謝。除了謝謝以外，沒聽到過其他的字句。不過我除了說妳的電話噢！之外倒也沒說過別的任何字眼就是了。

對我來說那也是一個孤獨的季節。每次回到家把衣服一脫，體內的骨頭就像要穿破皮膚飛出來一樣。存在我內部一種莫可知的力量繼續往錯誤的方向進行，使我覺得像要把我帶進一個不知道在那裏的另一個世界似的。

電話響了，於是這樣想：不曉得誰要對誰說什麼了。至於打給我的電話則幾乎沒有。沒有任何一個人要對我說什麼，至少有人想到我或許有話想說而打過來問一下吧，也沒有。

每個人或多或少，都開始順著自己的體系生活著，而那跟我的如果相差太遠則令我生氣，可是和我太像又令人悲傷，只是這麼回事。

♤

我最後一次幫她接電話，是那個冬天的末尾。三月初晴空萬里的星期六早晨。說是早晨也已經十點左右了，陽光在狹小房間的每一個角落，投入透明的冬天的明亮。我腦子裡一面恍惚地聽著鈴響，一面從床邊窗口往外眺望著高麗菜園。黑色的泥土上，溶剩的殘雪，像水窪似的零散地發著白光，那是最後一次寒流所留下的最後的雪。

鈴聲響了大概有十次，誰也沒去接就那樣停了。然而隔了五分鐘以後，又再開始響起來。我有點不耐煩地在睡衣上披一件毛衣，打開門去接電話。

「請問……在嗎？」男人的聲音說。沒什麼抑揚、沒什麼特點的聲音。我隨便回答之後，慢慢走上樓梯，敲了她的房門。

「妳的電話噢！」

「……謝謝。」

我回到房間，往床上一躺，望著天花板。聽見她下樓梯的聲音，然後是那慣常的呢喃低語。對她來說那算是非常短的電話，大概十五秒左右吧。聽得見放下聽筒的聲音，然後沉默覆蓋了四周，連腳步聲都聽不見。

過了一段時間，一陣緩慢的腳步聲向我房間接近，然後門被敲響，各兩聲，中間夾著一次深呼吸的時間。

打開門，她穿一件白色厚厚的套頭毛衣和藍牛仔褲站在門口，那一瞬間我感覺到自己大概幫她接了一通不該接的錯誤電話似的，不過她什麼也沒說。兩隻手緊緊地合抱在胸前，一面輕輕發抖一面注視著我。簡直像從救生艇上看著即將沉下水裡的船一樣的眼神。不，或許是相反吧。

「可以進來嗎？冷得要命哪。」

我還沒搞清楚是怎麼回事，就讓她進到裏面把門關上。她坐在瓦斯暖爐前面，一面暖著雙手，一面轉頭看看房間。

「你房間簡直什麼都沒有嘛！」

我點點頭，完全沒有什麼。只有窗子邊擺的一張床而已。說是單人床又嫌太大，說是中型雙人床又嫌太小。反正，那床也不是我買的，是朋友給的。並不是怎麼親密的朋友，爲什麼會把床給我，眞是無法想像。幾乎連話都沒說過的人。他是一個有錢人的兒子，在大學中庭裡，挨別組的傢伙揍了，被工作鞋踢到臉上，眼睛弄壞了於是休學。我帶他到大學醫務室去的途中，他一直抽肩哭泣，所以搞得我好厭煩。幾天以後，他說：我要回鄉下去了，於是就把床送給我。

「有沒有什麼熱的東西可以喝？」她說。我搖搖頭：什麼也沒有。咖啡、紅茶、番茶都沒有，連開水壺也沒有。只有一個小鍋子，我每天早晨用那燒開水刮鬍子。她嘆了一口氣站起來，說一聲等一下，就走出房間，五分鐘後兩手抱著一個紙箱又回來。箱子裏裝了半年份的紅茶包和綠茶，兩袋餅乾、砂糖、茶壺、一整套餐具、還有兩個畫著史奴比漫畫的平底大玻璃杯。她把那個紙箱沉甸甸地放在床上，就用茶壺煮起開水。

「你到底是怎麼過日子的？簡直像魯賓遜漂流記一樣嘛？」

「才沒有那麼愉快呢。」

「我想也是。」

我們默默地喝著紅茶。

「這些全部送給你。」

我嚇一跳被紅茶嗆住了。「為什麼給我？」

「謝謝你幫我接了那麼多次的電話啊。」

「可是妳自己也要用啊。」

她搖了好幾次頭。「我明天就要搬家，所以什麼都不需要了。」

我沉默地思考著事情的轉變，可是她到底發生了什麼事，我實在無法想像。

「是好事，還是壞事？」

「應該算是不怎麼好吧，因爲我要休學回鄉下去了。」

照著滿屋子的冬天的陽光陰暗下來，然後又再亮起來。

「至於什麼事情我想你大概不想問吧？要是我就不問，因爲如果留下不好的回憶，就不願意去用那個人的餐具了。」

第二天從一早就開始下著冷雨。雖然是細細的雨，卻淋透了我的雨衣，弄濕了毛衣。我手上拿的大型皮箱、她手上拿的旅行箱和肩上背的皮包，全都淋得黑黑濕濕的。計程車司機還不高興地說：不要放在椅子上好不好。車子裏的空氣因爲暖氣和香煙而覺得好悶，車上收音機正喧鬧地播放著古老的艷歌。古老得差不多像跳上式方向指示器一樣老的歌。葉子掉落後的雜木林，簡直像海底的珊瑚一樣，在道路兩旁伸展著濕濕的枝幹。

「從第一次看見到現在，東京的景色就沒辦法讓我喜歡。」

「哦？」

「泥土太黑、河流太髒、又沒有山……你覺得呢？」

「我還從來沒有注意過風景呢。」

她嘆了一口氣笑著說：「那你一定可以留下來活得很好。」

到車站把行李放在月台上的時候，她對我說：「謝謝你幫了我很多忙。」

「到這裏我就可以一個人回去了。」

「妳要回到那裏？」

「非常北邊的地方。」

「一定很冷吧？」

「沒關係，已經習慣了。」

電車開始發動以後，她從窗裏揮著手。我也把手舉到耳朵邊，等到電車消失以後，我困擾著不知該把手放到那裏好，只好就那樣插進了雨衣口袋裏。

雨一直繼續下到天黑，我在附近的酒店買了兩瓶啤酒，倒進她送的玻璃杯裡喝起來。全身冷得像凍進骨髓裏似的。那玻璃杯上描繪著史奴比和糊塗塌克愉快地在小狗屋上遊戲的漫畫，那上面框著這麼一句話——

「幸福，是有溫暖的伙伴。」

♤

雙胞胎沉沉地睡著以後，我卻醒過來。凌晨三點鐘。亮得有點不自然的秋月從廁所的窗子可以看見。我坐在廚房流理台邊上，喝了兩杯自來水，並在瓦斯爐上把香煙點著。被明月照亮的高爾夫球場草坪上，幾千隻的秋蟲正層層疊疊地繼續鳴叫不休。

我順手拿起立在流理台旁的配電盤，頻頻檢視著。不管怎麼翻來覆去地看，也只不過是一塊髒兮兮而無意義的板子而已。我索性把它放回原來的地方，拂掉手上沾的灰塵，又吸了一口煙。月光下看起來任何東西都發青，覺得任何東西都好像沒有價值、沒有意義、也沒有方向。連影子都不明確。我把香煙在流理台按熄，馬上又點起第二根。

要到什麼地方去，我才能夠找到屬於我自己的地方呢？例如那裏？複座的魚雷轟炸機是我花了很長的時間思考之後，所想到唯一的場所。不過那也是個傻念頭，首先魚雷轟炸機這玩意兒，已經變成三十年前落伍的老古董了。

我回到床上，鑽進雙胞胎之間。雙胞胎各自把身體縮彎起來，頭朝床的外側，發出沉睡的鼻息，我蓋上毯子望著天花板。

6

女人把浴室的門關上，然後聽得見用蓮蓬淋浴的聲音。

老鼠起來坐在床單上，情緒還沒收拾穩當，就在嘴上含了一根煙，開始找打火機。桌上沒有、褲袋裏沒有。連一根火柴都沒有。女人的皮包裏也沒有任何可以點火的東西。沒辦法只好把房間的燈打開，從桌子抽屜角落裏摸索出一個不知道印著什麼餐廳名字的舊紙火柴，把煙點上。

窗邊的籐椅上，整齊地疊著她的絲襪和內衣，而椅背上則披掛著縫工精緻的芥末黃色洋裝。床邊的桌上排列著不是很新但保養很好的巴葛傑利肩帶皮包和小型手錶。

老鼠在對面籐椅上坐下，含著煙恍惚地望著窗外。

從建在山腰上他的公寓可以清晰地瞭望黑暗中雜然錯散著的人們的營生。有時老鼠雙手揷腰，就像站在下坡球道上的高爾夫選手似的，可以一連好幾個鐘頭，集中意識眺望著那樣的風景。一面眼看著山坡上人家錯落的燈火，一面腳底慢慢往下走。有黑暗的森林、小小的山丘，有幾處地方白色水銀燈照出私家游泳池的水面反光。坡面的斜度終於減弱下來的地方，有一條像跟地面結合在一起的光帶似的高速公路蛇行著，越過那裏一直到海的一公里左右，則被平板的街容佔據著。然後是黑暗的海、海和天的黯影區分不明地溶合起來。在那黑暗之中，燈塔的橘紅色光，浮現、又消失。而一條幽暗的水路筆直地貫穿其間，將這些清晰的斷層切開。

那是河。

♤

老鼠第一次跟她見面，是天空還殘留一些夏日最後餘輝的九月初。

老鼠在報紙地方版上每週刊登的舊貨買賣欄裡，從嬰兒車、林格風、兒童用腳踏車之間，發現了打字機。打電話過去，一個女人接的，以事務性的聲音說明用了一年，還有一年保證，不能分期付款，而且希望自己去拿。商談成功，老鼠開車到女人的公寓去，給了錢，把打字機拿回來，幾乎花了夏天之間所做的一件小差事賺來的同額代價。

身材苗條個子小小的女人，穿一件無袖雅致的洋裝。門口排列著各種形形色色的觀葉植物盆栽。容貌端正，頭髮紮在後面，年齡看不出來，說是二十二到二十八歲之間，誰都會相信。

三天後打電話來，她說有打字機色帶𠀤打左右，如果要的話請來拿。老鼠去拿時順便請她到傑氏酒吧，爲了謝她的色帶，請她喝了好幾杯的雞尾酒。話倒是沒有談得太多。

第三次碰面是在那四天後，地方在市區某個室內游泳池。老鼠送她回公寓，然後睡在那裡。爲什麼會變成那樣，老鼠也搞不清楚。連那一方主動都記不得了，就像空氣的流動那麼回事吧。

幾天過後，跟她的關係，就像釘進他日常生活中的柔軟的楔子一樣，那種存在感逐漸在老鼠體內膨脹。雖是一點一滴的，卻眞有什麼衝撞著老鼠。每次回想起女人細瘦的手腕擁抱著他的身體時，老鼠心中便覺得長久以來已經遺忘的類似溫柔的東西，在逐漸擴展開來。

確實她有她的小世界，看起來像在努力建立起某種完美的東西。而老鼠也知道這種努力不是尋常的。她經常穿著甚至不起眼，卻品味良好的洋裝，清清爽爽的內衣，身上擦的香水飄著像清晨葡萄園的香氣，說起話來總是愼重地選擇巧妙的話語，從不問多餘的問題，微笑的樣子就像已經對著鏡子練習過很多次似的笑法。這些一一都讓老鼠心中感到些微的悲傷。見了幾次面之後，老鼠終於料定她的年齡該是二十七，而居然一歲不差地被他料中。

乳房小小的，沒有多餘的贅肉，纖細的身子曬得很漂亮，不過那曬法看來並不是刻意去曬的。突出的頰骨和薄薄的嘴唇，讓人覺得教養良好而意志堅強，可是任何一點微小的表情變化，使整體動搖起來時，卻又顯出內心一無防備的純眞。

從美術大學建築系畢業後，就在設計事務所工作，她說。生在那裡呢？不在這裏。大學畢業以後，才到這裏來的。每星期到游泳池游一次泳。禮拜天晚上搭電車去練中提琴。

每週一次，星期六晚上，兩人見面。然後星期天老鼠心情茫然地度過一天，她則彈她的莫札特。

7

因爲感冒休息了三天，於是工作堆積如山，嘴巴乾乾澀澀的，全身覺得像被砂紙磨過似的。說明書、文件、小冊子和雜誌在桌子四周像螞蟻塚似地堆積起來。合夥經營者跑過來，對我含含糊糊地說了幾句像是問候的話之後，就又回到自己房間去。辦事的小姐就跟往常一樣，把熱咖啡和兩個捲麵包放在桌上影子就消失了。因爲忘了買香煙，跟合夥人要了一包Seven Star，把濾嘴折掉，從相反一邊點起火來抽。天空模糊不清地陰著，搞不清到那裡是空氣，從那裡開始是雲。周遭散發著一股像在燒濕濕的落葉似的氣味。或許那也因爲發燒的關係吧。

我深呼吸一下，開始動手把眼前的螞蟻塚分崩。全部都蓋著「最急件」的橡皮章，那下面還用紅簽字筆註明期限。幸虧「最急件」的螞蟻塚終於只剩下一件。而且更幸運的是已經沒有兩、三天內截止的東西。都剩一些一星期到兩星期期限的，只要把一半轉給翻譯初稿的人，大概就可以順利理清了。我把每一冊拿起來，按照整理順序試著把這些文件重新變換堆積起來。因此螞蟻塚比先前的形狀更不安定。就像報紙某一面刊登的性別年齡別內閣支持率那一欄一樣的形狀。而且不只是形式，那內容也著實配合得令人心跳。

①查爾斯・藍根著

・《科學詢問箱》動物篇。
・從P.68〈貓爲什麼要洗臉〉到P.89〈熊捕魚的方法〉。
・十月十二日前必須完成。

②美國護理協會編

・《與致死患者的對話》。
・全十六頁。
・十月十九日前必須完成。

③法蘭克・德西特・朱尼亞著

・《作家的病跡》第三章〈得花粉病的作家們〉。

・全二十三頁。

・十月二十三日必須完成。

④魯內・克雷爾作

・《意大利的草帽》（英語版劇本）。

・全三十九頁。

・十月二十六日前必須完成。

委託主人的名字卻沒註明，實在太令人遺憾了。因爲這就沒辦法知道到底是誰，爲了什麼理由，想要翻譯這些文件（而且還是最急件）。說不定一隻熊正站在河邊，一心等待著我的翻譯呢。或者有那位護士正面對一位臨死者，一句話都說不出來地繼續等著也說不定。

我把手上拿著正在洗臉的貓的照片丟在桌上，開始喝咖啡、吃了一個味道像紙粘土一樣的捲麵包。頭腦雖然有幾分清醒過來，可是手腳末端，還留著發燒的痲木感。我從桌子抽屜拿出登山刀，花了很長時間，把F鉛筆細心地削了六枝，然後才慢吞吞的開始埋頭工作。

一面聽錄音帶播出古老的史坦蓋次，一面工作到中午。史坦蓋次、阿爾黑格、吉米黑尼、泰迪柯第克、泰尼幹，這最棒的樂隊演奏「Jumping with Symphony Sid」，我跟著錄音帶播出的蓋次主奏全部用口哨吹完後，心情就好太多了。

中午休息時間走出了大樓，往下坡路走了約五分鐘，到一家擁擠的餐廳裏，吃炸魚，又在漢堡攤子站著喝了兩杯橘子水。然後順便到寵物店，從玻璃縫裏伸手指進去，跟阿比西尼亞貓玩了大約十分鐘。就如平常每天的午休一樣。

回到辦公室恍惚地望著報紙一直到時鐘指向一點爲止。然後爲下午，又重新再一次削了六枝鉛筆，把Seven Stars香煙剩下的濾嘴全部摘掉排在桌面上。女孩送來一杯熱熱的日本茶。

「覺得怎麼樣了?」

「還不錯。」

「工作情況呢？」

「上上！」

天空還是渾渾的陰著，比起中午以前，那灰色好像又濃重了一些。從窗口探頭出去，就有些微下雨的預感。幾隻秋鳥橫掠過天空。轟——都市特有的混鈍聲響（地下鐵列車、烤漢堡的聲音、高架道路行車的聲音、汽車門開開關關的聲音，這些無數聲音的組合）淹蓋了四周。

我把窗子關上，一面聽查理・派克「Just Friends」，一面開始翻譯「候鳥什麼時候睡覺」這一項。

四點工作完畢，把一天份的原稿交給女孩子便走出辦公室。沒有帶傘，只好把一直放在辦公室的薄雨衣穿上。在車站買了晚報，擠進電車裏搖晃了一個小時左右。連電車裏面都有雨的氣味，不過雨卻還一滴也沒下。

在站前超級市場買好晚餐的食物時，雨才開始下起來。雖然是眼睛幾乎看不出來的細雨，不過腳底下的道路上，已經漸漸轉變成雨濕的灰色。我確定了一下巴士的時刻後便走進附近一家喫茶店喝咖啡。喫茶店裡擠滿了人，在那裏面才又聞到眞正的雨的氣味，女服務生的襯衫上、咖啡裏，都是雨的味道。

圍著巴士站四周的街燈，在夕暮中一點一滴地開始亮起來，在那之間，好幾輛巴士就像在溪流裏上下游動的巨大鱒魚似地往來著。巴士裏擠進滿滿一車下班的人，學生和主婦，一輛一輛消失在薄暮中。牽著黑黑的德國牧羊犬的中年女人從窗外橫越而過。幾個小學生一面在地面砰砰砰地拍著皮球一面走過。我熄掉第五根煙，喝掉已經冷了的最後一口咖啡。

然後凝神注視映在玻璃窗上自己的臉，大概因爲發燒，眼睛有一點下陷，唉！算了。下午五點半的鬍子使我的臉看來有點發黑，這也罷了，問題是這看起來一點也不像是我的臉啊！好像偶而碰巧坐在上下班電車對面位子上二十四歲的某個男人的臉，我的臉、我的心，對任何人來說，都只不過是一具毫無意義的死屍，我的心跟某個人的心相擦而過，於是我說：嗨！對方也答一聲：嗨！只不過如此而已，誰也沒把手舉起來，誰也沒有再回過頭來看看。

如果我在兩邊耳朵洞，插上梔子花，兩隻手的指頭上帶上蹼爪，或許有幾個人會回頭也說不定，不過也不過如此而已，只要再往前走三步誰都會又忘得一乾二淨。他們的眼睛什麼也沒看進去，而我的眼睛也一樣，我覺得自己好像變成空心了似的，也許再也無法給予任何人什麼了。

♤

雙胞胎在等著我。

我把超級市場的茶色紙袋交給不曉得其中的那一個，嘴巴含著還著火的香煙便走進浴室，不打肥皂就一面沖著淋浴，一面恍惚地看著貼了磁磚的牆壁，電燈沒開的昏暗浴室的牆上，有什麼在徘徊而後消失，那是我再也摸不著、再也喚不回的影子。

我於是就那樣走出浴室，用毛巾擦乾身體倒在床上。剛洗過晒乾的珊瑚藍色床單，一絲皺紋都沒有，我一面對著天花板抽煙，一面腦子裏想著一天所發生的事。在那之間雙胞胎則在切菜、炒肉、煮飯。

「要不要喝啤酒？」一個問我。

「噢！好。」

穿208襯衫的把啤酒和玻璃杯送到我床上來。

「音樂呢？」

「有的話更好哇。」

她從唱片架抽出韓德爾的「奏鳴曲唱片專集」，放在唱盤上把針頭放下，那是多少年前的情人節，我的女朋友送我的禮物。古簫、中提琴、大鍵琴之間，像協奏低音似地夾進炒肉的聲音。我跟我的女朋友曾經無數次放著這張唱片做愛。唱片唱完了，針頭發出咔吱咔吱的聲音繼續轉著，我們還依然不說一句話地緊緊擁抱著。

窗外的雨無聲地降落在高爾夫球場上。我喝完啤酒，漢斯・馬丁・林德吹完F長調奏鳴曲的最後一個音時，飯已經做好了。我們三個人那天吃晚餐時非常難得地沉默著。唱片唱完了，屋子裏除了落在屋簷的雨聲和三個人咀嚼肉的聲音之外再也沒別的聲音。吃完飯雙胞胎收拾好餐具，兩個人就站在廚房泡咖啡，然後三個人又喝了熱咖啡，好像帶有生命似的香濃咖啡。一個人站起來去放唱片，是披頭的「塑膠靈魂」。

「我好像記不得有買過這樣的唱片哪。」我吃驚地叫出來。

「是我們買的。」

「你給我們的錢，我們一點一點存起來喲。」

我搖搖頭。

「你討厭披頭嗎？」

我默不作聲。

「眞可惜，我們還以爲你會喜歡呢！」

「對不起。」

一個站起來把唱片停掉，然後寶貝兮兮地拿起來拂掉灰塵，才放進唱片套裡。三個人又落入沉默，我嘆了一口氣。

「我不是有意這樣的。」我找理由說。「只是有點累所以脾氣不太好，我們再聽一遍吧。」

兩個人互相對看了一下嘻嘻地笑起來。

「你何必客氣呢，這是你家啊。」

「你不用顧慮我們哪。」

「再聽一次吧！」

結果我們還是聽了「塑膠靈魂」的兩面，一邊喝著咖啡，我心情好了一些，雙胞胎也很高興的樣子。

喝完咖啡雙胞胎幫我量體溫，兩個人看了好幾次溫度計。三十七度半，比早上提高半度，頭昏昏沉沉的。

「因爲洗完澡的關係啦。」

「還是躺下來好了。」

確實是這樣，我把衣服脫了，帶著《純粹理性批判》和一盒香煙鑽進床裏。毛毯有一點點太陽的味道，康德依然很棒，煙草發出像濕報紙揉成一團在瓦斯爐上點火燃燒似的味道。

我把書閤上，一面恍惚地聽著雙胞胎的聲音，一面覺得好像被拖進黑暗中似地閉起眼睛。

8

靈園在山頂上利用附近和緩的台地伸展出去。墳墓之間鋪著細細的砂礫步道縱橫交錯地圍繞著。修剪過的杜鵑花樹，像吃著草的羊的姿態，隨處散植著。而從那廣大的墓地往下眺望，好幾根瘦瘦高高像蕨類嫩芽般弓著背的水銀燈並排站著，將白得不自然的光線投射到每個角落裏。

老鼠把車子停好在靈園東南的一個樹林裏，一邊抱著女人的肩膀，一邊眺望眼底下廣闊的市街夜景。街景看來簡直就像流進平板的鑄模裏的混濁光線一樣，或者像巨大的蛾撒落了一身金粉以後的樣子。

女人好像睡著了似地閉著眼靠在老鼠身上。老鼠從肩膀到側腹部一直感覺得到她身體沉沉的重量，那是一種奇妙的重量，愛過男人、生過孩子、年老將死的一個存在個體所擁有的那種重量。老鼠用一隻手拿出香煙盒，把火點上。偶而從海面吹起的風，爬上眼底下的斜坡，搖動著松林的針葉。女人可能眞的睡著了，老鼠伸手摸摸女人的臉頰，一根手指接觸她的薄薄的嘴唇，於是感覺到她濕熱的氣息。

靈園與其說是墓地，不如說看來更像一個被遺棄的市街。墓地有一半以上是空地，因爲預定將被收容在這裏的人們，還活著。他們偶而在星期天下午，會帶著家人，來確認一下自己將要長眠安息的場所。而從高台往墓地眺望，嗯！這裡視野遼闊、四季花開，空氣也不錯，草坪也修剪得很好，連自動噴水灌溉草木的設備都有，又不會有野狗來偷吃祭品。此外，他們想道：環境明朗對健康有益最是重要。對於這些狀況，他們感到滿足，於是在長椅上坐下來吃完便當，便又匆匆忙忙回到日常的營生中去了。

管理員清晨和黃昏，都會用一枝尖端附有一塊平平的板子的長棒，掃平砂礫道。並把跑到中央水池想捕鯉魚的孩子們趕走。此外每天三次，九點、十二點、六點還在園內擴音機播放「老黑爵」的古老名歌。老鼠不明白播放音樂的意義何在。不過開始昏黃的午後六時，在無人的墓場流盪著「老黑爵」的旋律，卻也是個頗可觀的光景。

六點半管理員就搭巴士回到下界去，於是墓場完全被沉默所包圍，然後幾對男女便開車上來互相擁抱。夏天到樹林裡就排了好幾輛那種車子。

就老鼠的青春來說，靈園到底還是個具有深刻意味的場所，在還不能開車的高中時代，老鼠便騎著二五〇CC的機車，背後載著女孩子，在沿著河岸的斜坡道上往回了無數次，而每一次都一面眺望著同樣的街燈擁抱她們。各種香氣在老鼠的鼻尖緩緩飄過，然後消失。有過各色各樣的夢，有過各種各樣的哀愁，做過各式不同的承諾，結果卻一一消失無蹤。

只要回頭一看，死亡便在廣大墓地的各自不同的地下紮根。有時老鼠牽著女孩的手，在那故作莊重的靈園砂礫道上漫無目的地走著，各式各樣的姓名，與時間，伴著背負各自過往生的死亡，就像植物園裏一行行的灌木一樣，相隔等距離，無限地延伸出去。他們被風吹動卻不發出沙沙的聲響，也不散發香氣，面對黑暗也無法伸出該伸的觸手。他們看來雖像失去時間的樹木一樣。他們已經沒有思想，也沒有傳達思想的語言了，他們把這些委託給仍然繼續活著的生物。兩個人回到樹林裡，緊緊地互相擁抱。從海上吹來的海風、枝枝葉葉的芳香、草叢中的蟋蟀，只有這些繼續活下去的世界的悲哀，充滿了周遭。

「我睡了很久嗎？」女人問道。

「沒有。」老鼠說：「不怎麼久。」

9

又是同樣一天的同樣反覆。如果不在什麼地方做個折疊記號分開的話，很可能會搞錯的那樣一天。

那一天一直散發著秋天的氣息。跟往常一樣的時刻結束工作，回到公寓卻看不見雙胞胎的影子。我鞋子也沒脫就往床上一倒，開始茫然地抽著煙。試著去思考各種事情，可是頭腦裏面什麼也沒成形。我嘆了一口氣從床上起來，望著對面的白牆壁好一會兒，不知道該幹什麼好。總不能老是瞪著牆壁呀！這樣對自己說。可是依然不行。畢業論文的指導教授只會說好聽的，說什麼文章不錯，論旨也明確，只是缺乏主題。不過老實說就是那種狀況。好久沒有一個人在家了，連怎麼處理自己才好，都沒有把握了。

眞是怪事。多少年又多少年我一直是一個人活著來的，不是都過得還順當嗎？不過那也想不起來了。二十四年，應該沒有短暫到馬上可以忘得乾淨的歲月吧。簡直就像正在找東西時，卻忘了在找什麼一樣的感覺。我現在到底在找什麼呢？開瓶器？陳年舊信？收據？耳挖子？

算了！我拿起枕頭邊放著的康德的書時，才看見書裏夾的便條紙冒出頭來，是雙胞胎留的字，寫說：我們到高爾夫球場去玩了。我開始擔心起來，因爲我曾經交代過她們，如果不是跟我在一起，就不要進高爾夫球場，對於不了解狀況的人來說，黃昏的高爾夫球場是危險的，因爲不曉得什麼時候球會飛過來。

我穿上網球鞋，把長袖運動衫纏在頭上出了公寓，跨過高爾夫球場的鐵絲網。越過平緩的起伏小丘，越過十二號洞，越過休憩用的小亭子，穿過樹林，我一直走著。從西邊擴展出去的樹林的縫隙，溢出照在草地上的夕陽。在接近十號洞有一個像鐵啞鈴狀窪地的砂上，我發現了好像雙胞胎留下來的咖啡、奶油、餅乾的空盒子。我把它揉成一團放進口袋裏，一面退後，一面把三個人留在砂地的腳印消滅。於是走過跨在小河上的小木橋，就在爬上小丘的時候發現了雙胞胎。她們就在山丘相反一側的斜坡上按裝的露天昇降扶梯的中段並肩坐著，正在玩西洋雙陸棋。

「我不是說過只有妳們兩個人來很危險嗎？」

「因為晚霞太美了啊。」一個解釋道。

我們走下電扶梯，在長滿狗尾草的草地上坐下來，眺望晚霞，確實是非常棒的景色。

「妳們把垃圾丟在窪地裏是不行的噢。」我說。

「對不起。」兩個人說。

「從前哪，我就曾經在砂地裏受傷過，那是小學時候。」我伸出左手食指的尖端讓她們看。還留有七米厘左右像白色絲屑一般的微細傷痕。「這就是不曉得誰把破汽水瓶埋在沙裡的結果。」

兩個人點點頭。

「當然沒有人會被餅乾盒子割破手，不過，也不能在砂坑裏留下什麼東西，砂坑是神聖而清潔的東西喲。」

「知道了。」一個說。

「我們會留心。」另一個說：「你還有別的地方受過傷嗎？」

「當然有哇。」我把身上的傷痕讓她們兩個看。簡直像傷痕目錄一樣。首先是左眼，這是足球比賽時被球擊中的，現在網膜上還留有傷口。其次是鼻樑，這也是足球搞的，用頭頂球時，撞到對方的牙齒。下嘴唇也縫了七針，從腳踏車上跌下來弄的，為了要避開卡車不小心跌倒。還有敲斷的牙齒……。

我們在冷冷的草地上並排躺下，一直聽著風吹狗尾草發出的沙拉沙拉的聲音。

天完全暗了以後，我們才回到公寓用餐。我到浴室洗澡，大約可以喝完一瓶啤酒的工夫，三隻鱒魚已經烤好了。而且旁邊還添加一些罐頭蘆筍和巨大的荷蘭辣椒。鱒魚的味道眞叫人懷念，像夏天的山路一樣的味道。我們花了很長的時間把鱒魚吃得乾乾淨淨，盤子上只剩下鱒魚白色的骨頭和鉛筆那麼粗的巨大荷蘭椒的軸。兩個人立刻把餐具洗了，泡好咖啡。

「我們來談談配電盤吧！」我說，「總是掛在心裡。」

兩個人點點頭。

「爲什麼快要死了呢？」

「因爲吸進太多東西了吧，一定是。」

「休克掉了吧！」

我左手拿著咖啡杯，右手拿著煙，思考了一下。

「妳們想該怎麼辦？」

兩個人對看了一下搖搖頭。「已經毫無辦法了啊。」

「只好讓它回到泥土裡去吧。」

「你看過得壞血病的貓嗎？」

「沒有。」我說。

「從身體的末端開始變得像石頭一樣硬，經過好長一段時間，最後心臟才停止噢。」

我嘆了一口氣。「眞不希望牠死。」

「我了解你的心情。」一個說。「不過這對你來說一定負擔太重了。」

那說法簡直就像在說今年冬天雪太少，所以請放棄滑雪的念頭一樣乾脆而輕鬆。我只好喝咖啡不再去想。

10

星期三，晚上九點上床，十一點醒來。然後再也睡不著了。好像戴了一頂小兩號的帽子一樣，頭上有一圈東西緊緊箍著，覺得好不舒服。老鼠乾脆起床，依然穿著睡衣，到廚房一口氣把冰水喝完，然後開始想女人的事。站在窗子邊眺望燈塔的燈光，巡視著黑暗的堤岸，再往女人的公寓附近眺望。想起黑夜拍岸的浪聲，想起敲落在公寓窗上細砂的聲音，然而不管想了多少，終歸對自己一寸也無法向前跨進的現狀感到厭煩。

自從和女人見面以來，老鼠的生活變成無限期地每星期重複一次。毫無日期的感覺。現在幾月？大概是十月吧。不曉得……。星期六跟女人相會，星期天到星期二之間的三天，便沉溺於那回憶中。而星期四、星期五和星期六的上半天，則著手計畫即將到來的週末。只有星期三則失落了可去的地方，徬徨於宇宙太空。既不能往前進，也無法向後退。星期三……。

大約恍惚地抽了十分鐘煙，然後才脫掉睡衣，在襯衫上套一件風衣下到地下室停車場。十二點過後的街上幾乎沒有人影。只有街燈照著發黑的道路。傑氏酒吧的鐵門已經拉下來了，老鼠把門拉起一半，鑽了進去走下階梯。

傑剛把洗好一打左右的毛巾披在椅背上晾完，正在櫃台裏一個人抽起煙來的時候。

「我只要喝一瓶啤酒，可以嗎？」

「好哇！」傑好像心情愉快地說。

打烊後的傑氏酒吧這還是第一次來。除了櫃台燈還留著之外其他照明都熄了，通風設備和空調的聲音也消失，空氣中微微飄著長年累月滲入地板和牆壁的氣味。

老鼠進到櫃台裏，從冰箱拿出啤酒注入玻璃杯。客座間的空氣，在昏暗中像分成幾個層次沉澱著，略帶著溫度和濕氣。

「今天本來不打算來的。」老鼠解釋著。「可是醒過來睡不著，不管怎麼樣總想喝點啤酒，我馬上就走。」

傑把櫃台上的報紙疊起來，用手拂掉落在西褲上的煙灰。「你慢慢喝好了，如果肚子餓了，我幫你弄點東西吃。」

「不，不用了。你不要管我，只要啤酒就夠了。」

啤酒極端好喝。一口氣喝了一玻璃杯，長嘆一聲。然後把剩下的一半又倒進杯裡，並注視著泡沫的消滅。

「如果有興趣要不要也一起喝？」老鼠這麼問看看。

傑有點爲難地微笑著。「謝謝！不過我一滴也不能喝。」

「哦！我倒不知道。」

「生來體質就這樣。沒辦法接受。」

老鼠點了好幾次頭。默默地喝著啤酒。然後重新驚訝於自己對這位中國酒保的一無所知。不過關於傑的事誰都不知道。傑是一個極端安靜的男人，從來不提自己的事，即使有人問起，也裝作非常專心地在開抽屜似的，回答一些無關緊要的題外話。

誰都知道傑是生在中國的中國人，不過在這地方身爲一個外國人並不是怎麼稀奇的事。老鼠高中的足球社團裡，前鋒和後衛就各有一個中國人，誰也沒有特別在意。

「沒有音樂好冷清噢。」傑這麼說，就把音樂選曲箱的鑰匙丟給老鼠。老鼠選了五曲又回到櫃台來，繼續喝著啤酒。從擴音機流出韋恩・紐頓的古老旋律。

「你不早一點回家沒關係嗎？」老鼠對著傑這麼說。

「沒關係呀，反正沒有人在等我。」

「你一個人生活？」

「嗯。」

老鼠從口袋裡抽出香煙，把皺折拉直點上火。

「只有一隻貓而已。」傑恍惚地說著。「上了年紀的貓，不過倒是談話的對象。」

「談話啊？」

傑點了幾次頭。「噢！已經相處很久了，所以很有靈性。我了解貓的心情，貓也了解我的心情。」

老鼠一面啣著煙一面哼著，音樂盒發出咔嚓的聲音，音樂換成「麥克阿瑟公園」。

「那，貓想些什麼事情呢？」

「各種事啊。就跟你我一樣啊。」

「眞不簡單哪。」老鼠說著笑笑。

傑也笑起來。然後隔一會兒，就用指尖在櫃台上磨擦著。

「是單手呢。」

「單手？」老鼠反問道。

「貓哇。是個跛子。四年多前的冬天，貓滿身是血回到家裏來，手掌像橘子醬一樣血肉模糊。」

老鼠把手上拿的玻璃杯放在櫃台上看著傑的臉「到底怎麼回事？」

「不曉得啊，我也想過是不是給車子壓的，不過那樣子太慘了，如果只是被車輪輾過，也不至於那麼嚴重。看樣子就像是被老虎鉗夾的呢。整個被壓得碎碎的，可能有人惡作劇。」

「眞有這種事啊？」老鼠難以相信地搖搖頭。「到底有誰會對一隻貓的手……」

傑把折成兩半的煙，一端在櫃台上敲了幾下，然後含在嘴上點起火。

「是啊。沒有任何理由去弄碎一隻貓的手哇。那是一隻非常乖的貓，從來沒做過什麼壞事。而且把貓的手弄碎誰也得不到什麼好處啊。旣無意義，也太殘忍了，不過世上像這種毫無理由的惡意，卻多得像山一樣。我也沒辦法了解，你也一定無法了解。不過那確實存在，而且或許可以說是包圍在我們四周呢。」

老鼠眼睛沒離開玻璃杯，又搖了一次頭「我眞是沒辦法了解。」

「那最好。如果不了解而過得去，那再好不過了。」

傑這麼說完，便往昏暗而空空的客人席噴一口煙，並眼看著白色的煙在空中完全消失爲止。兩個人沉默了很長一段時間，老鼠望著玻璃杯恍惚地沉思，傑依然用手指在櫃台的板子上磨擦著。音樂盒開始播放最後一曲凡爾賽．波伊斯的甜美靈魂歌曲。

「傑！」老鼠依然眼睛望著玻璃杯說：「我活了二十五年，卻覺得好像什麼也沒學到似的。」

傑在片刻間什麼也沒說，只是看著自己的手指。然後略爲縮縮肩膀。

「我花了四十五年也只不過知道一樣事情。就是這麼回事。人不管做什麼，只要肯努力總會學到什麼的，不管多麼平凡無奇的事，你也一定可以從中學到一些東西。什麼樣的刮鬍刀都有它的哲學，我不知道在那裡念到這句。其實如果不這樣的話，誰也沒辦法生存下去。」

老鼠點點頭，把玻璃杯底剩下三公分左右的啤酒喝乾，音樂放完了，音樂盒發出咔噠一聲，於是店裡又恢復安靜。

「你說的話我好像有點懂了。」不過啊，老鼠正說到這裡卻又把話吞回去。正想說出口，又覺得說了也沒用，於是老鼠微笑著站起來，說聲謝謝！「讓我開車送你回家吧。」

「不，不用了。我家很近，而且我喜歡走路呢。」

「那麼再見囉，代我問候你的貓。」

「謝謝！」

上了階梯走出外面，有一股涼涼的秋意。老鼠一面用拳頭輕輕敲著每一棵行道樹，一面走到停車場。沒什麼用意的一直盯著停車計時錶，然後上車。稍爲遲疑了一下才把車開向海邊，把車停在看得見女人那棟公寓的濱海道路上，公寓有一半的窗子燈還亮著，有幾個窗簾後面也看得見人影。

女人的房間都是暗的，床頭燈也熄了，大概已經睡了吧，好寂寞啊。

海浪的聲音彷彿略為增強，好像海浪現在就要衝過堤岸，把老鼠連車子沖到哪個遙遠的地方去似的。老鼠打開收音機，一面聽著沒什麼意思的音樂和廣告，一面把椅背放倒，雙手交抱在腦後閉上眼睛。身體疲倦得快癱瘓了，不過幸虧這樣，剛才各種莫名其妙而無所寄託的情緒也像不知消失到何方去了。老鼠鬆了一口氣，任由空空的腦袋平躺著，繼續聽那混合著模糊浪聲的電台音樂節目，於是睡意慢慢襲來。

11

星期四早晨，雙胞胎把我叫醒，比平常早了十五分鐘左右，倒也不在意。用熱水刮過鬍子、喝完咖啡、讀完報紙的所有角落，油墨幾乎沾滿了手。

「有事想拜託你。」雙胞胎中的一個說了。

「禮拜天能不能借到車子？」另一個也開口了。

「大概可以吧。」我說：「不過妳們想去那裏呀？」

「蓄水池。」

「蓄水池？」

兩個人點點頭。

「到蓄水池去幹什麼？」

「參加葬禮。」

「誰的？」

「配電盤哪。」

「哦！原來如此。」我說。於是繼續看我的報紙。

星期天不巧從早上就開始下著細細的毛毛雨。不過對於配電盤的葬禮來說，到底什麼樣的天氣才最合適，我也無從了解。雙胞胎對下雨沒提半個字，我也就保持沉默。

星期六晚上我向共同經營者借來天藍色ＶＷ車。他問我是不是交上女朋友了啊。我說：嗯。

VW後座上大概被他兒子粘上了巧克力牛奶的污漬，簡直像槍戰後留下的血跡一般，滲染了一大片。汽車音響用的卡式錄音帶沒什麼值得一聽的，因此我們在單程需要一個半小時的途中都沒聽音樂，只是無言沉默地繼續開著。雨隨著我們車子前進而規則地增強、減弱，又增強再減弱。令人想打哈欠的雨。柏油路上高速錯過的車子，一路上不停地以相同的調子繼續發出咻！咻的聲音。

雙胞胎中的一個坐在助手席，另一個則抱著裝有配電盤和熱水瓶的購物袋，坐在後面的位子。她們態度嚴肅頗配合葬禮日的氣氛。我也學她們。甚至在途中休息吃烤玉米時我們也很嚴肅。只有玉米粒在脫離胴體時發出啪嗞啪嗞的聲音擾亂了寂靜。我們留下三根已經啃完最後一粒的玉米軸，便再度開車上路。

那是個狗非常多的地方，牠們簡直就像水族館裏的鯽魚羣一樣，在雨中漫無目的到處亂走。搞得我不得不接連不斷地按喇叭。牠們一副對雨和汽車完全沒興趣的樣子，而且大多數還露骨地顯出對喇叭聲厭煩的臉色，雖然如此卻還能夠巧妙地閃身避開。不過當然雨是沒法子避掉的。所有的狗從頭頂到屁眼都淋得濕嗒嗒的，有些看來像出現在巴爾札克小說中的卡瓦烏索，有些則像在深思什麼似的僧侶。

雙胞胎中的一個拿了一根煙讓我含上，還幫我點起火。然後用她小手的掌心貼在我棉長褲的內股，上下好幾次，那行爲感覺上與其說是爲了愛撫我，不如說是爲了確認某件事似的。

雨好像打算永遠繼續下去的樣子。十月的雨總是如此這般地下著。一直繼續下到所有的一切都濕透了爲止，地面已經濕淋淋的，樹木、高速公路、田地、車子、房子、狗，也都一一逃不過全部吸滿了雨，整個世界已經無可救藥地淹沒在冷雨中。

開始爬上一段上坡路，穿過密林間的道路便到達蓄水池。由於下著雨，四周沒一個人影。雨流進一望無際的水面，蓄水池被雨敲打的光景遠比想像中更悲慘。我們在池邊停車，坐在車裏打開熱水瓶喝咖啡，並吃了雙胞胎買來的餅乾。餅乾一共有咖啡、奶油和楓糖三種口味，因此爲了公平起見，我們把餅乾分成三等份吃。

在那之間，雨仍然不停地降在蓄水池上，雨極其安靜地下著，只發出像報紙被撕成細細的一條條，然後舖在厚厚的地毯上所發出的聲音一樣。克勞德・李路許的電影上經常下的那種雨。

我們吃完餅乾，各喝完兩杯咖啡之後，不約而同地拍拍膝蓋上的餅乾屑，誰也沒說一句話。

「好了，差不多該開始動了吧。」雙胞胎中的一個說。

另一個點點頭。

我把煙熄掉。

我們也沒打傘，便朝蓄水池上伸出一截的斷橋一直走到盡頭。蓄水池是將河水堵起來人工做成的，水面像沖洗著山的腰部一樣，形成不自然的曲線。從水面的顏色，可以感覺到令人恐怖的水深，雨則在那上面激起細細的漣漪繼續降落著。

雙胞胎中的一個從紙袋裏取出那個配電盤交給我，配電盤在雨中比平常看來更加寒酸可憐。

「說幾句祭文吧！」

「祭文？」我吃驚地叫出來。

「這是葬禮呀，總該有祭文嘛。」

「噢，我沒想到。」我說。「可是老實說我沒準備。」

「怎麼說都可以呀。」

「只要形式就行了。」

我一面從頭到腳被雨淋得濕嗒嗒的，一面尋思著適當的字句。雙胞胎一副很擔心的樣子，輪流望著我和配電盤。

「哲學的義務是……」我引用康德說的「去除因誤解而生的幻想。……配電盤哪！你好好在蓄水池底安眠吧！」

「丟下去！」

「嗯？」

「配電盤哪！」

我用右腕極力往後擺，再將配電盤使出全力以四十五度角甩出去，配電盤在雨中壯麗地畫出一條弧線飛上天去，再打落水面，然後波紋慢慢擴展開來，一直來到我們腳下爲止。

「好動人的祭文哪！」

「是你作的嗎？」

「那當然。」我說。

於是我們三人像狗一樣濕淋淋地緊緊靠在一起繼續眺望著蓄水池。

「到底有多深哪？」一個問。

「深得可怕。」我說。

「有沒有魚？」另一個問。

「所有的水池都有魚呀。」

如果從遠方眺望我們的姿勢，一定像一座高尙的紀念碑吧。

12

那個星期四的早晨，我穿上那個秋天第一次穿的毛衣。沒有任何變化的灰色雪特蘭毛衣，腋下有點破綻，不過穿起來依然相當舒服。我比平常更仔細地刮了鬍子，穿上厚厚的棉長褲，拉出顏色已經舊得像黑炭一樣的沙漠皮靴穿上。靴子看起來倒像兩隻端坐在腳尖的小貓似的。雙胞胎滿屋子跑來跑去，幫我找香煙、打火機、皮夾子和電車月票拿來給我。

到了辦公室在桌子前面坐下，一面喝著女孩泡來的咖啡，一面削起六枝鉛筆。屋子裡充滿了鉛筆芯和毛衣的味道。

午休時間到外面吃過飯，又再去和阿比西尼亞貓玩，從展示櫃的玻璃之間，大約一公分左右的縫隙伸進手指，兩隻貓競相跳起來，咬我的指頭。

那天寵物店的店員讓我抱他的貓，摸起來觸感像上等質料的開斯米龍，貓把牠冷冷的鼻尖湊近我的嘴唇。

「這隻貓好喜歡親近人。」店員說明著。

我道了謝把貓放回籠子裏，買了一盒根本用不上的貓食。店員把它包裝得整整齊齊。當我抱著貓食的包裝走出寵物店時，那兩隻貓還像在望著夢的斷片似的一直凝視著我的身影。

回到辦公室，女孩幫我把粘在毛衣上的貓毛拂掉。

「去跟貓玩了一陣子。」我繞著圈子解釋道。

「你的腋下脫線了噢。」

「我曉得。去年就破了。想要偷襲運鈔車時，被後視鏡勾破的。」

「脫下來吧。」她一副沒什麼興趣地說。

我把毛衣脫下，她在椅子旁把長腿蹺起來，開始用黑線縫。當她縫著毛衣時，我回到我的桌子，將下午要用的鉛筆削好，重新開始工作。不管別人怎麼說，我覺得我是個對自己的工作沒得挑剔的人。在限定時間內，把該做的工作確實做完，而且盡可能做得心安理得是我的做法。如果是在奧斯比茨（波蘭西南部都市，第二次大戰期間，德國納粹黨的猶太人集中營所在地）必然被視爲珍寶吧。不過我想，問題是適合我的場所，全都落伍了，我想這是沒辦法的事。一切都不可能回溯到奧斯比茨或複座魚雷轟炸機上去。現在沒有人會再去穿迷你裙，也沒有人會去聽詹與甸（Jan and Dean）。最後一次看到穿吊帶襪緊身衣的女孩子，是什麼時候的事了？

時鐘指向三點，女孩跟往常一樣送熱騰騰的日本茶和三個餅乾到桌子前面來，毛衣也巧妙地縫好了。

「嗨！跟你商量一點事情好嗎？」

「請講。」我說著就吃起餅乾。

「是關於十一月旅行的事。」她說：「到北海道怎麼樣？」

十一月是我們三個人固定舉行同仁旅行的時候。

「不錯啊。」我說。

「那就決定了。熊會不會出現？」

「很難說？」我說：「我想大概冬眠了吧。」

她好像放心了似地點點頭。「還有晚上一起吃飯好嗎？附近有一家海鮮店不錯。」

「好啊。」我說。

餐廳就在從辦公室搭計程車五分鐘左右的安靜住宅區中央，我們找到位子，穿黑衣服的侍者從椰子纖維編的地毯上無聲地走來，把兩塊像游泳時打水的板子一般大的菜單放在桌上，在點菜前我們先要了兩瓶啤酒。

「本店的蝦非常棒！是活生生放下去煮的。」

我一面喝著啤酒，一面念。

她用細細的手指，玩弄著戴在頭上的星型徽章有好一陣子。

「如果有話說最好在吃東西以前說出來。」我說。但是說出口以後又後悔不該說的，每次都這樣。

她略微笑了一笑。然後以那四分之一公分的微笑要恢復原樣嫌麻煩為理由，便暫時留在嘴邊。

因爲店裏非常空，所以連蝦子動一下鬚的聲音都好像聽得見。

「你喜歡現在的工作嗎？」她問我。

「怎麼說呢？對工作我一次也沒這樣想過。不過倒也沒什麼不滿。」

「我也沒什麼不滿意喲。」她這樣說著喝了一口啤酒。「薪水不錯，你們兩個人也很親切，還固定可以休假……」

我一直沉默著，認眞去聽別人說話，倒眞是很久沒有過了。

「不過我才二十歲喲。」她繼續說。「我可不想像這樣過一輩子。」

菜擺上餐桌時，我們的會話中斷一下。

「妳還年輕嘛。」我說。「以後會戀愛、也會結婚，人生總會不斷改變下去呀。」

「才不會變呢。」她一面用刀子和叉子很熟練地剝著蝦皮，一面細聲細氣地說。「沒有一個人喜歡我，我只能噴噴蟑螂藥、補補毛衣過一輩子。」

我嘆了一口氣，忽然覺得好像老了好幾歲。

「妳又可愛又有魅力，腿又長頭腦又好，連蝦皮也剝得滿好的，將來一定會過得很好！」

她默不作聲地繼續吃著蝦，我也吃蝦，而且一面吃蝦一面想著蓄水池底的配電盤。

「你二十歲的時候在做什麼？」

「拚命想女孩子啊。」一九六九年，我才剛成年。

「你跟她後來怎麼樣了？」

「分開了啊。」

「過得幸福嗎？」

「從遠遠看的話。」我一面吞進蝦子一面說：「大部分的東西看起來都很美。」

當我們吃完時，店裡開始逐漸被客人埋沒，刀子、叉子和椅子碰撞的聲音變得熱鬧起來，我點了咖啡，她點了咖啡和檸檬蛋糕。

「現在怎麼樣？有女朋友嗎？」她問。

我考慮了一下決定把雙胞胎除外。「沒有。」我說。

「不寂寞嗎？」

「習慣了啊，訓練出來的。」

「什麼樣的訓練？」

我點上煙，把煙霧向她頭上五十公分左右的地方吹去。「我是生在一個奇怪的星星下的，也就是說啊，想要的東西不管是什麼都會到手，可是每次得到一樣東西的時候，卻踩到另一樣東西。妳懂嗎？」

「有一點。」

「誰都不相信，不過這是眞的。三年前我才注意到，而且心裡想再也不要去想得到什麼了。」

她搖搖頭。「因此，你就打算這樣過一輩子囉？」

「大概吧。這樣就不會給任何人帶來麻煩。」

「如果你眞的這樣想，」她說：「那只要活在鞋櫃裡就行了。」

眞是高竿的意見。

我們並肩走在通往車站的路上。託毛衣的福，夜裏覺得很舒服。

「ＯＫ，我會想辦法做一點什麼。」她說。

「沒幫上什麼忙。」

「你讓我把話說出來，我已經鬆了一口氣。」

我們從同一個月台，搭上兩側反方向的電車。

「你眞的不寂寞嗎？」她最後又再問了一次。我還正在尋找美好的答案時，電車已經來了。

13

有一天，有某一樣東西捉住我們的心。什麼都可以，些微的東西。玫瑰花蕾、遺失的帽子、小時候喜歡的一件毛衣、吉•比特尼的舊唱片，或者已經無處可去微不足道的東西的羅列。有兩、三天，那其中的某一樣在我們心中徘徊，然後回到原來的場所去。……幽暗。我們的心被挖了好幾口井，而那井的上方有鳥飛過。

那年秋天一個星期日的黃昏，捕捉住我的心的坦白說就是彈珠玩具。我和雙胞胎一起在高爾夫球場八號洞的果嶺上眺望著晚霞。八號洞是標準桿5的長洞，既沒有障礙物也沒有斜坡。只有像小學校的走廊下一樣平坦的路一直延伸出去。在七號洞有一個住在附近的學生正在練習吹長笛。那令人聽了心痛的兩個八度音階的練習，成爲背景音樂，夕陽正一半埋進丘陵後面。爲什麼在這瞬間，彈珠玩具會捉住我的心，我也不知道。

而且隨著時光的追逐，只有彈珠玩具的印象在我體內漸漸膨脹。一閉上眼睛，緩衝板反彈出彈珠的聲音，和得分數字打出的聲音就在耳邊響起來。

♤

一九七〇年，當我和老鼠在傑氏酒吧繼續喝著啤酒的時候，我還絕對算不上是彈珠玩具的熱心玩家。傑氏酒吧所擁有的那台，在當時算是少有的三把式稱爲「太空船」的一型。彈珠面盤分爲上部和下部，上部附有一把、下部裝有兩把。是在固體電子零件把通貨膨脹帶進彈珠玩具的世界之前，和平好時代的機型。老鼠瘋狂於彈珠玩具的時候，爲了紀念他九二五〇〇的最高得分，老鼠還和彈珠玩具機拍了紀念照片。老鼠倚靠在彈珠玩具機旁瞇瞇笑著，彈珠玩具機也亮出九二五〇〇的數字瞇瞇笑著。那是我用柯達袖珍型相機拍下唯一令人心頭暖暖的相片。老鼠看起來簡直像第二次世界大戰的擊墜王似的，而彈珠玩具機則看來像一架古老的戰鬥機。像那種勤務兵要用手轉動螺旋槳，而飛上去以後才將防風片啪噠一聲關上的戰鬥機。九二五〇〇這數字，把老鼠和彈珠玩具機結合起來，醞釀出難以形容的親密氣氛。

每星期有一次，彈珠玩具公司的收款員兼修理員會到傑氏酒吧來。他是個三十左右異樣消瘦的男人，幾乎跟誰都沒說過一句話。進到店裏眼睛都不看傑一下，就去把彈珠玩具機下面的鑰匙打開，讓零錢沙拉沙拉流進帆布做的頭陀袋裡。然後從其中拿出一枚，放進機器裏以便檢修，確認了兩三遍栓塞彈簧的情況之後，才一副沒什麼趣味地彈出一粒彈珠，讓彈珠碰到緩衝板以檢視磁力的情況，讓彈珠通過所有的球道，打落所有的目標，drop target、kickout ball、road target……最後得分燈亮起來時，才一副唉呀總算完畢的表情，讓彈珠掉進外跑道結束這次遊戲。然後對傑點點頭表示一切都沒問題便走出去。總共花不到香煙燒完半根的時間。

我忘了彈煙灰，老鼠也忘了喝啤酒，兩個人總是像啞巴似的盯著那華麗的特技表演。

「好像做夢一樣啊。」老鼠說。「要是能有那樣的技術十五萬是輕而易舉的囉。不，搞不好拿得到二十萬喏。」

恢復了。」我安慰著老鼠。雖然如此不過他那頭號飛行員的榮耀感，卻再也無法「專家嘛！沒辦法。

「跟他比起來，我還只不過握到女人的小指尖而已呢。」老鼠這麼說完，就一直沉默不語了。而且不斷漫無邊際地夢想著得分板的數字如何才會超越六位數。

「那是他的工作啊。」我繼續勸他。「一開始或許那眞是很有樂趣，不過啊，你從早到晚光去做那一件事看看吧！誰都會覺得厭煩的啦。」

「不，」老鼠搖搖頭。「我不會。」

14

「傑氏酒吧」很久沒有擠滿這麼多客人。大部分都像是沒見過的臉孔，不過客人總是客人，所以傑的心情也沒有理由不好。鑿冰錐子敲碎冰塊的聲音、旋轉 on the rock（威士忌加冰塊）玻璃杯的咔吱咔吱的聲音、笑聲、音樂選曲箱播出傑克遜五人樂團的音樂，像漫畫上圈出來，寫對白的圈圈一樣浮上天花板的白煙……簡直就像盛夏的旺季再度回來似的夜晚。

雖然如此，對老鼠來說卻好像那裏不對勁似的。他在櫃台邊上一個人獨自坐著，翻開的書本，在同一頁上重複讀了不知道多少遍，終於作罷地把書閤上。如果可能的話，他寧願喝乾最後一口啤酒，回到房間裏睡覺。如果眞的睡得著的話……

那一星期之間，連月亮都完全遺棄了老鼠。被切成碎片的斷續睡眠和啤酒和煙草，連天氣都開始崩潰了。沖刷著土山的雨水流進河裏，並將海變成茶色和灰色的斑點。令人嫌惡的風景。頭腦裏簡直像塞滿了揉成一團團的舊報紙一樣。睡眠很淺，總是短暫的。像暖氣很足的牙科醫師候診室裡的瞌睡一樣，每次有人開門時就醒過來一下，看看手錶。

一週的半中央，老鼠獨自一個人一面喝著威士忌，一面決定把所有的思考都暫時凍結。意識的縫隙之間，一一塡滿白熊都可以走得過去的厚冰。以爲這樣應該可以勉強度過這星期的後半段，安心睡吧。可是一醒過來時，一切又都恢復原狀。只是頭有點痛。

老鼠茫然地凝視著排在眼前的六瓶空啤酒瓶。從瓶子之間則看得見傑的背影。

或許是該退潮的時候，老鼠想。第一次到這店裏來喝酒是十八歲那年。幾千瓶啤酒、幾千根炸薯條、選曲箱的幾千張唱片，一切的一切好比那拍打著舢板的波浪一般湧過來又退遠去。我不是已經喝了足夠的啤酒了嗎？當然三十歲或四十歲時想喝多少啤酒照樣還可以喝。不過他想，只是在「這裏」喝的啤酒另當別論。……二十五歲，要引退倒是不壞的年齡。若是聰明一點的人，已經大學畢了業，在銀行當起放款辦事員的年歲了。

老鼠在空瓶子的行列中又加了一瓶，一口氣將快要溢出玻璃杯的啤酒喝掉一半，然後反射地用指尖擦擦嘴，並把弄濕的手在棉長褲的屁股後面抹抹。

好吧！想想看！老鼠對自己說，不要逃避地想想看！二十五歲……稍微想一下也算是不錯的年齡了，可不是兩個十二歲的男孩加在一起的年齡嗎？你有沒有那樣的價值？沒有吧！連一人份都沒有。連塞進酸黃瓜空瓶裏的螞蟻窩的價值都沒有。……算了吧，無聊的隱喩已經太夠了，一點幫助也沒有。想想看！你到底什麼地方錯了？快想出來呀！……天曉得。

老鼠打消念頭把剩餘的啤酒喝乾。然後舉起手來又要了一瓶新的。

「今天喝太多了噢。」傑說。雖然如此到底還是把第八瓶放在前面。

頭有點痛。身體就像被波浪搖晃著似的幾度上上下下。眼睛深處感覺得到虛脫的倦意。吐吧！頭腦深處的聲音說。吐光了再來慢慢想，快，站起來走到廁所去……不行了。連一疊都走不到……不過老鼠還是挺起胸膛走到廁所打開門，把正在對著鏡子補畫眼線的年輕女孩趕出去，朝著便器咯咯吐起來。

多少年沒吐過了？連怎麼吐法都忘了，要脫褲子嗎？……無聊的玩笑別開了，不要說話，吐吧！連胃液都吐出來！

連胃液都吐光之後，老鼠在便器上坐下來抽煙，然後用肥皂把臉和手洗乾淨，對著鏡子用濕濕的手理一理頭髮，有點太陰鬱了，不過鼻子和下顎的形狀還不太差，國中的女老師或許會中意也不一定。

出了廁所走到眼線才畫一半的女士桌前很有禮貌地道過歉，然後回到櫃台，喝了半杯啤酒，才把傑送過來的冰水一口氣喝完。搖了兩、三下頭，香煙正點上火的時候，頭腦的機能才正常地開始動起來。

啊！夠了吧！老鼠試著脫口說出來。夜還正長，慢慢想吧。

15

我眞正進入彈珠玩具的咒術世界是一九七〇年的事。那半年左右，我覺得好像在黑洞裏過的似的。在草原正中央挖了一口適合我尺寸的洞穴，在那裏蒙起頭把身體埋進去，並塞起耳朵斷絕所有的聲音。任何事情都再也引不起我的興趣。而每天傍晚一醒過來就穿上大衣，到遊樂場的角落裡消遣時間。

機器是好不容易才找到的三把式「太空船」，跟傑氏酒吧完全相同的機型。硬幣放進去壓一下開始的按鈕，機器便動也不動一下就發出一連串的聲音，出現十個目標，得獎燈消失，得分還原成六個零，球道彈出第一粒彈珠，無限的硬幣丟進機器，那恰是一個月後冷雨下個不停的初冬的黃昏。我的得分像氣球拋下最後一包砂袋一樣，越過了第六位數。

我把顫抖的手指像要擰下揮把的按鈕似地放著，背靠在牆上，一面喝著冷得像冰一樣的罐裝啤酒，一面長時間凝視著得分板上標示出來的105220這六位數字。

我和彈珠玩具的短暫蜜月就那樣開始了。大學幾乎沒去露面，打工的錢大半都注入彈珠玩具裡。hugging, pass, trap, stop shot……大抵的技術都熟練了。而我在 play 的時候，背後開始隨時都有人在參觀。也有塗著鮮紅唇膏的高中女生把柔軟的乳房壓到我手腕上來過。

得分在超越十五萬的時候，眞正的冬天來了。我在極端寒冷而人影稀少的遊樂場，裹在連帽厚毛大衣裏將圍巾拉到耳朵邊，繼續抱著彈珠玩具機。偶而在廁所鏡子裡看見自己的臉，瘦得皮包骨、皮膚沙沙的極端乾燥。每玩完三場下來就要靠牆休息一下，一面咔噠咔噠地發抖，一面喝著啤酒，最後一口啤酒總是味道像鉛一樣。而煙屁股則散落了一地，偶而啃一口塞在口袋裏的熱狗。

她實在太棒了。三把式太空船……只有我了解她，只有她了解我。我每按下 play 的按鈕，她就發出嬌小可愛的聲音，在面板上閃出六個零字，然後對我微微一笑。我從一米厘都不差的位置拉出揮把，將閃閃發光的銀色彈珠從軌道彈出面盤。彈珠在她的珠盤原野上追逐奔跑的時間內，我的心恰像吸進良質大麻時一樣，一切全都解放了。

各種思緒在我頭腦裏毫無脈絡可尋地浮上來又消下去。各色各樣人的姿態從罩了一層濾色鏡的玻璃板上浮上來又消下去。玻璃板像映出夢境的雙重鏡一樣，把我的心映出來，並和緩衝板及得獎燈的閃光交織明滅成一片。

「不是因爲你的關係。」她說。而且搖了好幾次頭。「你沒有錯，你已經使出全力去做了不是嗎？」

「不，」我說。左邊的揮把、top transfer、九號目標。「不對，我什麼也不會，指頭一根也動不了，不過只是想做就做到了而已。」

「人能做得到的事非常有限哪！」她說。

「或許是吧！」我說。「不過我沒有一件完成的，一定永遠都一樣。」

♤

過完年的二月，她消失了。遊樂場被完全清除了，第二個月改成通宵營業的甜甜圈店。穿著像窗簾布料做的制服的女孩子，將鬆鬆散散的甜甜圈用同樣花紋的碟子裝著端給客人的那種店。一些把機車停在門口的高中生、夜勤司機、穿著不合季節的嬉皮、酒吧上班的女人們，一律以一副厭煩的臉色喝著咖啡。我點了非常不美味的咖啡和肉桂甜甜圈，並試著問女服務生知不知道關於遊樂場的事。

她以一副可疑的表情看看我，眼光像在看一個掉在地上的甜甜圈一樣。

「遊樂場？」

「不久以前還在這裡開業的啊。」

「不曉得。」她很睏似的搖搖頭。一個月前的事誰也記不得了，是那樣的一條街。

我懷著黑暗的心在街上到處走。三把式太空船，誰也不知道她的行蹤。

因此我停止打彈珠玩具。適當的時候到了，誰都停止打彈珠玩具。只不過是這麼回事。

16

連續下了幾天的雨，突然在星期五的傍晚停了。從窗口往下看，街上令人心煩地吸滿了雨水，全身都覺得脹起來。夕陽把開始無路可走的雲變成奇異的色彩，而那反光則將房間裡染成同樣的顏色。

老鼠在T恤上套上一件防風衣走出街上，柏油路上好些地方積著靜靜的水窪，黑黑地一直延伸出去。整條街充滿了夕暮的氣息。沿著河岸成排的松樹全身濕淋淋的，翠綠葉尖正滴著水珠。染成茶色的雨水流進河裡，滑過水泥河床向大海奔流而去。

黃昏立刻結束，潮濕的夜幕籠罩了四周，而那潮濕在一瞬間便化成霧氣。

老鼠從車窗內伸出手肘，緩慢地試著繞街行駛，由半山坡道向西流進白色的霧裡，最後終於沿著河邊開到海岸。並在防波堤旁把車停下，將座位放倒，抽起煙來。沙灘和護堤和防砂林，一切的一切都濕濕黑黑的。女人房間的百葉窗透出溫暖的黃色光線。看看手錶，七點十五分，正是人人吃過晚飯，各自溶入自己房間的溫暖中的時刻。

老鼠把雙手繞到腦後，閉起眼睛試著回憶女人房間的樣子。因為只進去過兩次，因此記憶不明確。門開處是一間六疊大的餐廳兼廚房……橘紅色的餐桌布、觀葉植物的盆栽、四張椅子、橘子水、餐桌上的報紙、不銹鋼的茶壺……所有的東西都排列整齊，而且一塵不染。那裏面是將兩間小房間打通而成的大房間。鋪著玻璃板的狹長書桌，那上面……三個陶製啤酒杯，裏面滿滿塞著各色各樣的鉛筆、尺和製圖筆。文具淺盒裡則有橡皮擦、文鎮、吸墨紙、舊收據、膠帶、各種顏色的迴紋針……還有削鉛筆器、郵票。

書桌旁邊則有用了很久的製圖板、附有長柄燈，燈罩的顏色是……綠色。然後牆壁盡頭是床，北歐風味的白木小床，兩個人上去時，就像公園的小船一樣發出咿呀的聲音。

霧隨著時間的溜逝而濃度漸增。乳白色的暗幕在海邊緩慢地流轉，黃色的霧燈偶而從道路前方接近，降低著速度從老鼠旁邊通過。從車窗飄進來的細小水滴，將車內所有的東西都沾濕了。車座、車前玻璃、防風衣、口袋裡的香煙、一切的一切。停泊在海面的貨船的霧笛，像離羣迷失的小牛一樣，開始發出尖銳的悲鳴。各個霧笛或長或短的音階穿透黑夜飛向山的方向去。

左邊的牆壁，老鼠繼續想下去，有書架、音響組合，和唱片。還有衣櫥、兩張梵谷的複製畫。書架上沒什麼了不起的書，幾乎全都是建築的專門書，還有跟旅行有關的書、旅遊指南、遊記、地圖、幾本暢銷小說、莫札特的傳記、樂譜、字典也有幾本……法語字典的蝴蝶頁上寫著什麼表揚的文字。唱片幾乎都是巴哈、海頓和莫札特，還有幾張少年時代殘留下來的唱片……白潘、鮑比達林、五黑寶。

到這裡老鼠想不出來了。還少了什麼？而且是很重要的東西，因此整個房間喪失了現實感而依然飄在空中。是什麼？ＯＫ、等一等……想起來了，房間的照明和……地毯。什麼樣的照明？還有什麼顏色的地毯？……怎麼也想不起來。

老鼠被一股衝動逼迫著，想打開車門，走過防砂林，去敲她的房門，確定一下照明和地毯的顏色，簡直傻瓜透頂。老鼠再度倒回椅背上，這回看海吧。黑暗的海上，除了白霧什麼也看不見。而那深處燈塔的橘紅色燈，像心臟的鼓動一般，精確地反覆明滅著。

她的房間失去了天花板和地板，暫時就那樣模糊地在黑暗中飄浮著。然後從那微細的部分開始，印象一點一滴地淡化，最後終於全部消失。

老鼠頭朝著車子的頂板，慢慢閉上眼睛，於是像關掉電燈開關一樣，腦子裏所有的燈都熄了，心靈埋進新的黑暗中。

17

三把式太空船……她在某個地方繼續呼喚著我，好幾天好幾天連續不斷。

我以驚人的速度消化堆積如山的工作，午飯不吃，也不跟阿比西尼亞貓玩，跟誰都不講話了。辦公室的女孩偶而來看看我的樣子，又死心地搖搖頭回去。到兩點爲止把一天的工作做完，把原稿丟在女孩桌上就奔出辦公室，然後到全東京的遊樂場逛，尋找三把式太空船，不過沒有用。誰也沒看過或聽過那機器。

「四把式的地底探險機不行嗎？剛進來的機種噢。」有個遊樂場主人說。

「不行啦，眞抱歉。」

他有一點失望的樣子。

「三把式左手打者倒是有，循環打擊就會出現得獎球噢。」

「眞對不起，除了太空船以外我都沒興趣。」

雖然如此他還是親切地把一個他認識的彈珠玩具機迷的姓名和電話號碼告訴我。

「這個人或許多少知道你要找的那種機型，他是所謂的型錄狂，關於機型他最清楚，倒是有點怪的男人。」

「謝謝。」我向他道謝。

「別客氣，你如果能找到的話，那最好。」

我走進一家安靜的喫茶店，撥了那電話號碼，鈴響五次後聽見男人的聲音，是安靜的聲音，聽得見背後七點NHK的新聞報導和嬰兒的聲音。

「我想請敎一下關於彈珠玩具某個機型的問題。」我報上姓名之後就直接了當地說出來。短時間內電話那頭一切都沉默了。

「什麼樣的機型呢？」男人說。電視的聲音也降低了。

「叫做三把式太空船的機型。」

男人落入沉思似地念著。

「面盤上畫有行星和太空船的圖……」

「我曉得了。」他打斷我的話，然後淸了一下嗓子。簡直像研究所講師的語氣說「芝加哥的吉爾巴特父子公司在一九六八年出的機型，因爲運氣不佳而小有名氣的機種。」

「運氣不佳？」

「你方便嗎？」他說。「我們見個面談一談好嗎？」

我們決定第二天傍晚碰面。

♤

我們交換了名片便向女服務生點咖啡。他眞的是大學講師令我非常驚訝。年齡大約三十出頭，頭髮已經開始變薄了，不過身體曬得滿健壯的樣子。

「我在大學教西班牙語。」他說。「好像在沙漠裡澆水一樣的工作。」

我佩服地點點頭。

「你的翻譯中心不翻西班牙語嗎？」

「我翻英語，另一位翻法語，因爲這樣已經忙不過來了。」

「那眞遺憾。」他保持雙手交抱的姿勢說，不過好像也沒那麼遺憾的樣子，他捏弄了一下領帶結。

「你去過西班牙嗎？」他問。

「沒有，很遺憾。」我說。

咖啡送來了，西班牙的話題便到此爲止，我們在沉默中喝著咖啡。

「吉爾巴特父子公司是所謂後起之秀的彈珠玩具機製造業者。」他突然開始說起來。「從第二次世界大戰到韓戰之間，主要在做炸彈的投下裝置，不過以韓戰結束做爲一個契機，開始轉入新的方向。彈珠玩具、賓果玩具、吃角子老虎、音樂選曲機、爆玉米機……也就是所謂的和平產業囉。彈珠玩具的第一號機是在一九五二年完成的。情況不壞，滿堅固的，又便宜，可是因爲沒什麼趣味，借《排行榜》雜誌的評語來說，就叫做『像蘇俄陸軍女兵部隊配給的胸罩一樣的彈珠玩具機』。以銷售來說是成功了，輸出從墨西哥開始到中南美各國，那些國家專門技術人員很少，因此與其複雜的機器，不如故障少而堅固的東西受歡迎。」

他在喝水的時候沉默了一下。好像沒準備幻燈片用的銀幕和長棒子倒眞覺得遺憾。

「可是正如您所知道的，美國，也就是全世界彈珠玩具業只有四家企業，形成寡占狀態。哥德利普、巴利、芝加哥造幣、威廉斯，所謂的四大企業。而吉爾巴特則打進其中，展開連續五年的激戰。後來到了一九五七年，吉爾巴特公司從彈珠玩具放手不幹了。」

「放手不幹？」

他一面點頭一面覺得味道不佳地喝完剩下的咖啡，並用手帕擦了好幾次嘴。

「嗯，敗下陣來了。其實公司是賺了錢，因爲輸出中南美，不過爲了不要讓傷口變大就趕快抽手退出。……到底彈珠玩具的製造還是需要極複雜的 Know How 噢。需要很多熟練的專門技術人員，還需要能統率這些人的計畫家，而且要有遍布全國的經銷網，要有經常儲存零件的代理商，任何地方的機器故障了，也要有能力在五小時之內趕去修好的無數修理工人。總之非常遺憾的是後起的吉爾巴特公司沒有這樣的力量。因此他們吞下眼淚退出陣容，從那次開始大約七年之間，他們繼續做一些自動販賣機呀、克萊斯勒汽車雨刷等。不過他們並沒有完全放棄彈珠玩具機喲。」

說到這裏他就閉口不說了。從上衣口袋掏出香煙，在桌上咚咚地敲著煙頭，然後用打火機點上火。

「沒有死心喏！他們還是滿有自尊心的，在祕密工廠裏繼續研究，從四大的退休職員裡悄悄挖角過來組成計畫小組，並投入龐大研究經費，下達一道命令『給我造出不輸於四大任何機型的機器，而且要在五年內完成。』這是一九五九年的事。公司方面也有效地利用這五年的時間，他們以其他的產品從溫哥華到夏威夷的威基基，布下完善的舖貨網，完成了所有的準備。

「重新再開始的第一號機器於一九六四年如期完成。所謂『大浪』就是這機種的名稱。」

他從皮包裏拿出剪貼簿翻開來遞給我。從雜誌上剪下來「大浪」的全身照片、面盤圖、隔板設計，還有用法說明卡，都貼得一應俱全。

「這眞是非常特別的一台。而且添加許多過去所沒有的各種工夫，例如採用一種連續裝置就是。這『大浪』選用了可以自己配合自己技術的型式，這一台大受歡迎。

「當然吉爾巴特公司這許多創意到現在已經變成很普通了，不過在當時卻是極端新鮮。而且這機器是非常有良心地製成的，第一點是堅固，四大公司的耐用年數大約三年，而他們的可以用五年。第二點投機性很淡，以技術爲本位……。此後吉爾巴特公司順著這路線生產出幾種著名機型。如『東方快車』、『太空飛行員』、『橫渡美洲』……每一型都受到機迷的極高評價。『太空船』則是他們出的最後一種機型。

「『太空船』跟我剛才說過的四台趣味完全不同。前面那四台都凝聚了各種新奇工夫，而『太空船』卻非常傳統而單純。除了四大公司已經用過的技法之外沒有採用任何其他變化。因此也可以說反而是一部眞正具有挑戰性的機器，眞是有自信哪！」

他慢條斯理地詳細道來。我一面點了好幾次頭，一面喝咖啡，咖啡喝完了又喝水，水喝完了就抽煙。

「『太空船』是一部不可思議的怪機器。一眼看來好像沒什麼可取的，可是打起來卻覺得有什麼不一樣。同樣的揮把、同樣的目標，可是跟其他機種就是有什麼不同。那『有什麼』就像痲藥一樣緊緊吸引住人們的心。不曉得爲什麼……我把『太空船』稱爲運氣不佳的機種有兩個理由。第一、機器的優點沒有充分被大家了解。當他們好不容易開始了解的時候，已經太遲了。第二、公司破產了。因爲做得太有良心了，吉爾巴特公司被跨國的財團收買了，總公司認爲不需要彈珠玩具部門。於是到此爲止。『太空船』總共生產了一千五百台左右。可是就因爲這些緣故，現在已經成爲夢幻的機名。在美國『太空船』機迷間的行情價格是兩千美元，可是卻從來沒賣出過。」

「爲什麼呢？」

「誰也不肯放手啊，誰都變成放不了手，眞是奇妙的珠台。」

他說完就習慣地看看手錶，抽一口煙。我點了第二杯咖啡。

「日本進口幾台？」

「我調查過了，三台。」

「好少啊。」

他點點頭。「因爲吉爾巴特公司的製品日本沒有經銷商。六九年有一家進口代理店實驗性地買進，就是那三台，想要再追加的時候，吉爾巴特父子公司已經不存在了。」

「你知道那三台的下落嗎？」

他攪拌了好幾次咖啡杯裡的砂糖，又咯咯咯地抓抓耳垂。

「一台流到新宿的小遊樂場，那遊樂場在前年冬天倒掉了。機器行蹤不明。」

「我知道那一台。」

「另外一台流到澁谷的遊樂場，那裏去年春天發生火災，機器被燒了，其實因爲投了火災保險，誰也沒損失。只不過是『太空船』中的一台從這世界上消失了而已。……不過從這點看來，除了說運氣不佳之外，也沒話說了。」

「就像馬爾他的老鷹號一樣啊。」我說。

他點點頭。「不過最後一台的行蹤我不清楚。」

我告訴他傑氏酒吧的地址和電話號碼。「可是現在沒有了，去年夏天處理掉的。」

他非常珍惜地把它抄進記事本裡。

「我有興趣的是以前在新宿的那台。」我說。「去向不明嗎？」

「可能性倒有幾個，最普遍的是當廢鐵處理。機器的回轉很快，通常一般機器三年就折舊完了，付修理費不如買新的來得划算，當然流行也是一個問題，因此當廢鐵報銷。……第二種可能性是被當成中古品買賣。型雖然舊一點但還可以用的機器，往往被某些餐廳買去，而在那裡以醉漢或生手爲對象斷送一生。第三雖然這是非常少有的情況，但也可能被機迷收藏起來。不過百分之八十都是當廢鐵處理。」

我把沒點火的煙夾在手指上，心情暗淡地思考著。

「關於最後一個可能性，能不能調查出來？」

「試試看倒沒關係。但是很難吧！機迷之間所謂橫的聯繫這世界上幾乎沒有，既沒有名簿，也沒有什麼會刊。……不過反正試試看就是了。我自己對『太空船』也有一點興趣。」

「非常感謝。」

他把背沉進深深的椅子裡，噴著煙霧。

「對了，你『太空船』的最高得分多少？」

「十六萬五千。」我說。

「那眞不得了。」他表情也沒變地說：「實在不得了。」於是又抓抓耳朵。

18

往後的一星期之間，我在近乎奇妙的平穩和安靜中度過。雖然彈珠的聲響還多少殘留在耳裏，但是像掉進冬天日光下的蜜蜂翅膀一樣嗡嗡嗡的瘋狂呻吟已經消失。秋意眼看著一天天加深，圍繞著高爾夫球場的雜木林裡，地上積起乾枯的落葉。從公寓窗口看得見和緩的郊外丘陵，到處燒著那些落葉，細細的煙絲，像變魔法的繩子一般筆直地昇上天空。

雙胞胎比以前沉默了一些，而且變溫柔了。我們散步、喝咖啡、聽唱片、在毛毯下互相擁抱著睡覺。星期天我們花一個鐘頭走到植物園，在櫟樹林裡吃香菇、菠菜三明治。櫟樹林上長著黑尾巴的野鳥以清亮的聲音鳴叫不休。

空氣漸漸冷起來，我爲她們兩人買了兩件新的運動衫，和我的舊毛衣一起給她們。因此兩個人既不是208也不是209，而變成橄欖綠圓領毛衣，和米黃色開襟毛衣。兩個人都沒有抱怨，另外我還買了襪子和新運動便鞋給她們。因而心情變得簡直像長腿叔叔一樣。

十月的雨眞棒。像針一樣細、又像棉花一樣柔軟的雨，在開始枯乾的高爾夫球場草地上全面灑落下來。並沒有造成水窪，只被大地緩緩地吸進去。雨停後的雜木林飄著濕濕的落葉氣息，夕陽射進幾道光，在地面描出斑斑點點的花紋。穿過雜木林的小徑上，則有幾隻小鳥跑著越過。

辦公室裏的每一天也差不多一樣。工作已經越過忙碌的高峯，我聽著卡式錄音帶放出的畢克斯拜塔貝克、吾迪哈曼、巴尼貝林干的古老爵士樂，一面抽著煙一面悠閒地繼續工作，每隔一小時就喝威士忌、吃餅乾。

只有女孩子在忙著查時刻表、訂飛機票和旅館，還幫我縫補了兩件毛衣，換釘外套的金屬鈕扣。她改變了髮型、換擦淺粉紅色的口紅，穿起胸部曲線顯眼的薄毛衣。而且溶進了秋天的空氣中。

一切都好像要將那姿態永遠保留下來似的，極完美的一星期。

19

要向傑說出將離開這地方眞是困難，不曉得爲什麼，就是非常難過。連續三天都到店裏去，卻三天都說不出口。每次想說的時候，喉嚨便一陣咔啦咔啦地乾渴，於是又喝了啤酒，然後就那樣繼續喝下去，被難以忍受的無力感支配著，心想不管怎麼掙扎，結果那裏也去不成。

時鐘指著十二點，老鼠放棄了，而且有點鬆了口氣似地站起來，就像平常一樣對傑說一聲再見，就走出店裏。夜風已經冷透了。回到公寓，坐在床上，恍惚地看著電視，打開罐裝啤酒、點上香煙。西部老片，羅勃泰勒、廣告、氣象預報、廣告，然後噪音的漩渦……老鼠關掉電視，去洗澡。然後又開了一罐啤酒，又點了一根煙。

離開這地方能去那裏都還不曉得，有時候也覺得那裏都沒地方去似的。

有生以來第一次打從心底一陣恐怖爬上來。像地底下黑黑亮亮的蟲一樣的恐怖。牠們沒有眼睛，沒有哀憐的感覺，而且想把老鼠拉進和牠們同樣的地底下去。老鼠全身都感覺到牠們的黏滑。打開罐頭啤酒。

那三天裏老鼠屋裡充滿了啤酒空罐頭和香煙煙蒂。非常想見女人，全身都感覺得到女人肌膚的溫暖，想要永遠進入女人體內，可是卻不能再回到女人那裏了。不是你自己把橋燒斷的嗎？老鼠心裡想，你自己築起一道牆，把自己關進裏面去的啊……

老鼠望著燈塔。天空亮起來，海開始著上灰色，然後清晰的晨光簡直就像揭掉餐桌布一樣把黑暗抹消了。老鼠上床躺下，伴著他無處可去的痛苦共眠。

♤

老鼠要離開這地方的決心，令人覺得堅固得一時無法動搖，那是經過長時間從各種角度檢討而得的結論，好像已經沒有任何漏洞的樣子，擦亮了火柴，燒掉了橋樑，因此連留在心裏的東西也消失了。街頭或許還殘留些許自己的影子，可是誰也不會留意，而這地方將會繼續改變下去，終於連那影子的蹤跡也會消失……。覺得一切都將順利地往前推進。

而傑呢……。

爲什麼他的存在會如此擾亂自己的心，老鼠實在不明白。我要離開這地方了，你要保重噢。這不就結了嗎？彼此對對方的事本來就一無所知，不相識的人互相遇見了，然後又互相擦身而過，只不過這麼回事。可是老鼠還是心痛。躺在床上望著天花板，握緊拳頭往空中揮出好幾次。

♤

老鼠拉起傑氏酒吧的鐵捲門是星期一過了午夜的時分。傑跟平常一樣，坐在關掉一半照明的店裡桌旁，什麼也沒做地正在抽著煙。看見老鼠進來傑稍稍微笑著點點頭。傑在昏暗中看來令人心煩地衰老了。黑黑的鬍渣在臉頰和下顎像影子一樣籠罩著，眼睛下陷、薄唇乾裂、頭上血管浮出，指尖滲進黃色的煙草油垢。

「你累了是嗎？」老鼠問道。

「有一點。」傑說，然後沉默了一會兒，「總有這樣的日子，誰都會有。」

老鼠點點頭拉開桌旁的椅子，和傑對面坐下。

「下雨天和星期一每個人都心情暗淡，歌裡有這一句。」

「眞是一點也沒錯。」傑一面凝神注視著自己夾著香煙的手指一面這麼說。

「你還是早點回家睡覺好了。」

「不，沒關係。」傑搖搖頭，像在趕蟲子一樣緩慢的搖法。「反正回到家大概也睡不好。」

老鼠反射地看一眼手錶，十二點二十分。了無聲息的地下，昏暗中時間彷彿死絕了似的。鐵捲門放下後的傑氏酒吧裏，他多年來繼續追求的燦爛光采，現在連影子都沒有。一切都褪色了，而且一切都好像已經精疲力盡了。

「給我一點可樂好嗎？」傑說。「你可以喝啤酒啊。」

老鼠站起來從冰箱取出可樂和啤酒，連同玻璃杯一起拿到桌上來。

「音樂呢？」傑問道。

「不用了，今天安安靜靜就好。」老鼠說。

「好像什麼葬禮似的啊。」

老鼠笑笑。於是兩個人什麼也沒說地喝著可樂和啤酒。放在桌上老鼠的手錶開始發出近乎不自然的巨大聲響，十二點三十五分，又好像已經流逝了可怕而漫長的時間。傑幾乎動也沒動一下。老鼠則一直凝視著傑的香煙在煙灰缸裡一直燃燒到吸口化成灰爲止。

「爲什麼那麼累呢？」老鼠試著發問。

「誰知道呢？」傑說著忽然像想起來似的把腳交換蹺向另一邊。「一定沒什麼理由吧。」

老鼠喝了半杯啤酒，嘆一口氣又把杯子放回桌上。

「傑！人是不是全都要腐朽掉，對嗎？」

「對呀！」

「腐朽的方法卻各有不同。」老鼠無意識地把指甲放在嘴唇上。「不過我覺得每一個人所能選擇的途徑非常有限，頂多嘛……兩三種。」

「或許是吧。」

氣泡冒完的殘餘啤酒，像積水一樣沉澱在玻璃杯底。老鼠從口袋裏拿出變薄的香煙盒，將最後一根含在嘴上。「不過這種事我已經開始覺得不管怎麼樣都好了。那一條路最後都一樣要腐朽啊，對嗎？」

傑讓可樂杯保持斜度，默默聽著老鼠的話。

「雖然如此人還是繼續在變。變化本身有什麼意義，我一直不了解。」老鼠咬著嘴唇，一面盯著桌子沉思。「然後我這樣想，不管怎麼進步、怎麼變化，結局都只不過是崩潰的過程而已，不是嗎？」

「沒錯吧。」

「所以我對那些興致勃勃朝著虛無邁進的傢伙，一絲愛意或好感都沒有。……對這個地方也一樣。」

傑沉默不語，老鼠也默不作聲。他拿起桌上的火柴，讓火慢慢燃燒到軸心後，才點起香煙。

「問題在於，」傑說：「你自己正想要改變，對嗎？」

「老實說，對。」

靜得可怕的幾秒鐘溜過去了，大約有十秒吧。傑開口說道：

「人哪，實在天生就笨得可憐，比你所想像的更沒用。」

老鼠把瓶子裡剩下的啤酒倒進玻璃杯，一口氣喝光。「我正在非常迷惑。」

傑點了幾次頭。

「一直決定不下。」

「我也注意到了。」傑這樣說完，就好像談累了似的微笑著。

老鼠慢慢站起來，把香煙和打火機塞進口袋，時鐘正繞過一點。

「該休息了。」老鼠說。

「晚安。」傑說。「嗨！有人曾經這樣說過噢：慢慢走！而且要滿滿地把水喝個夠！」

老鼠向傑微笑，打開門，走上階梯。街燈將沒有人影的道路照得通明。老鼠在欄杆上坐下，抬頭看天，並想著到底要喝多少水才夠？

20

西班牙語講師打電話來是在十一月連續休假剛休完的星期三。午休之前共同經營者到銀行去了，我在辦公室的餐廳兼廚房吃著女孩子做的通心粉。通心粉有兩分煮過熟了，不過以切得細細的紫蘇代替義大利香菜，味道倒也不壞。我們正在討論通心粉的做法時，電話鈴響了，女孩拿起電話，三言兩語之後聳聳肩把聽筒交給我。

「關於太空船的事，」他說：「我知道在那裏了。」

「在那裡？」

「電話裡很難講清楚。」他說。雙方沉默了一下。

「那麼你是說？」我問他。

「我是說用電話不好說明啊。」

「不如見一面是嗎？」

「不。」他吞吞吐吐地說：「如果在你眼前讓你親眼看到還是很難說明的意思。」

因爲話說不太出來，所以繼續等他說下去。

「我不是故弄玄虛，也沒有開你玩笑，總之希望碰個面。」

「我知道了。」

「今天五點鐘可以嗎？」

「好哇。」我說：「可是還能打嗎？」

「那當然。」他說。我道過謝掛上電話。然後開始繼續吃通心粉。

「你要去那裏？」

「去打彈珠玩具，不過不知道去什麼地方。」

「彈珠玩具？」

「對，用揮把彈出彈珠……」

「我曉得啊，不過爲什麼去打彈珠呢……」

「嗯？這世界上以我們的哲學無法推測的事情太多了。」

她在桌上托腮沉思起來。

「你很會打彈珠嗎？」

「以前是。那曾經是我唯一擁有信心的方面。」

「我可什麼都沒有過。」

「那妳就可以免於失去呀。」

她再度落入沉思的時候，我把剩下的通心粉吃完。然後從冰箱拿出薑汁汽水來喝。

「據說有一天會失去的東西沒什麼意義，該失去的光榮也不是眞正的光榮。」

「是誰說的？」

「是誰說的我忘了，不過眞的有道理。」

「世界上有什麼不會失去的東西嗎？」

「我相信有，妳也最好相信。」

「我會努力。」

「或許我太過於樂觀了，不過還不至於傻到那裏去。」

「我曉得啊。」

「不是我有自信，只是覺得比那相反好得多。」

她點點頭。「所以今天晚上你要去打彈珠？」

「嗯。」

「你兩隻手舉起來。」

我把兩隻手舉向天花板。她在我毛衣腋下盯著檢查了半天。

「OK，去吧！」

♤

我跟西班牙語講師約在第一次見面的同一家咖啡店等候，見面後立刻搭上計程車。往明治大道一直開，他說。計程車發動以後，他取出香煙點上火，並給我一根。他穿著灰色西裝，打著有三條斜線的藍領帶，襯衫也是藍色，比領帶稍微淡一點的藍。我則穿灰毛衣、牛仔褲，還有熏黑的沙漠皮靴。簡直像個被喊進教授室去表現差勁的學生似的。

計程車在橫過早稻田大道附近時，司機問道：還要再前面是嗎？往目白路，講師說。計程車再往前開一會兒便進入目白路。

「相當遠嗎？」我試著問看看。

「嗯，相當遠。」他說著開始摸出第二根煙。我則暫且目送著窗外掠過的商店街風景。

「我找得好辛苦噢。」他說。

「首先試著從旁打聽一些機迷的名單，找到二十個人左右，不只是試東京而是全國，不過收穫卻是零。除了我們已經知道的之外誰也不曉得更多實情。其次去接觸從事中古機器買賣的業者，也沒有幾家，不過啊，他們讓我調查那些經手的機器型錄可就累了，因爲數目實在太龐大了。」

我點點頭，看著他點起香煙。

「幸虧知道時間倒幫助不少。說是一九七一年二月左右的事情，結果他們就幫我查了。吉爾巴特父子公司、太空船、型號165029，有了，一九七一年二月三日，廢棄處分。」

「廢棄處分？」

「當廢鐵處理呀。就像『金手指』裏演過的那樣啊。壓碎成四方形，然後再生或者沉到海港裡去。」

「可是你……」

「你先聽我說啊。我死了心向業者道過謝回到家裏。可是啊，心裡面卻還有個東西卡著，類似第六感的東西。不對呀，不是這樣吧！我第二天又到業者那裏去了一次，然後還去處理廢鐵的那裏，並且看著他們處理廢鐵作業差不多三十分鐘左右，才進到辦公室拿出名片，大學講師的名片，對於不明究理的人來說倒滿有一點作用。」

他比上次見面時說話快了一點。不曉得爲什麼這一點使我有點不自在。

「然後我這麼說：因爲我正在寫一本小書，所以想順便知道一下廢鐵處理的作業情形。

「他願意幫我忙，不過對一九七一年二月的彈珠玩具台卻一無所知。那是當然囉，兩年半前的事了，總不能一一去查啊，他們只是收集一堆，咔嘟一聲就完了。我就再問了一個問題：如果那裡面有某個東西，例如我想要洗衣機、或摩托車的車體，而且支付一筆該付的錢，那麼是不是會讓給我。他說：可以呀。我問他其他有沒有這種例子。」

秋天的黃昏轉眼就結束，黑暗開始覆蓋了道路，車子正開出郊外。

「他說如果想知道詳細情形，可以去問二樓負責管理的人。我當然就上了二樓去問：一九七一年左右有沒有人來買彈珠玩具機。他說：有！我問他是什麼樣的人，他就告訴我電話號碼。對方好像交代過如果有彈珠玩具機進來請打電話給他。總算有點眉目。於是我問他那個人收買了幾部彈珠玩具？哇！他說，看是會來看，不過有些他買，有些他不買，搞不清楚噢。不過我說大概的數目就可以了，他就告訴我不低於五十台吧。」

「五十台。」我叫出來。

「因此，」他說「我們要去訪問這個人物。」

21

周圍完全變暗了，而且不是單色的暗，而是將各種顏料像奶油一樣厚厚塗上去似的黑暗。

我把臉貼在計程車窗玻璃上一直眺望著那樣的黑暗，感覺像一張怪異的平面，看來又像用銳利的刀子在沒有實體感的物質上劃出的切口一樣，奇妙的遠近感支配著黑暗。巨大的夜鳥張開翅膀，在我眼前淸晰地擋住去路。

隨著車子繼續前進，民房越來越稀疏，終於變成像地鳴似的湧起幾萬隻蟲聲的草原和樹林。雲像岩石般低垂著，地上所有的東西，都像把頭縮了起來似的在黑暗中沉默著。只有蟲聲淹沒了地表。

我跟西班牙語講師已經不再說一句話，只是交替地繼續抽煙。計程車司機也一面凝視著路上車前燈的燈光一面抽煙。我無意識地用指頭在膝蓋上啪噠啪噠地連續拍著而且有幾次被一股想推開計程車門逃出去的衝動所驅使。

配電盤、砂坑、蓄水池、高爾夫球場、毛衣的破綻、還有彈珠玩具……心想該到那裏去才好呢？我抱著毫無脈絡的紛亂卡片走頭無路。忍不住想回家，想早一刻回去洗澡、喝咖啡、帶著香煙和康德鑽進溫暖的床裏。

爲什麼我在黑暗中繼續奔跑？五十台彈珠玩具機，那未免太愚蠢了，這是夢而且是沒有實體的夢。

雖然如此，三把式太空船依然在繼續呼喚著我。

♤

西班牙語講師要車子停在離道路約五百公尺左右的空地正中央。長及腳踝的柔軟草叢像淺灘一般延伸出去。我下了車，伸直背部深呼吸一下，卻聞到養雞場的味道，眼睛所能看見的範圍內沒有燈光，只有微弱的路燈將四周的風景朦朧地浮現出來。無數的蟲聲將我們團團包圍起來，好像從腳下要把我們拉進什麼地方去似的。

我們暫時沉默著讓眼睛習慣於黑暗。

「這裡還是東京嗎？」我試著這樣問。

「當然，看起來不像嗎？」

「覺得好像是世界的盡頭似的。」

西班牙語講師一副完全同意的表情，只點點頭卻什麼也沒說。我們一面聞著草香和雞糞的氣味一面抽著煙。煙則像狼火的形狀低低流動著。

「那邊有鐵絲網。」他像在練習射擊一樣把手伸得筆直，指向黑暗深處。我睜大了眼睛辨認鐵絲網。

「你沿著鐵絲網一直向前走大概三百公尺左右，盡頭有個倉庫。」

「倉庫？」

他也不看我一下只點點頭。「對，是一個很大的倉庫，所以一看就知道，從前是養雞場的冷凍倉庫，不過現在已經不用了，養雞場倒掉了。」

「不過還有雞的味道啊。」我說。

「味道？……噢，那已經滲進泥土裏去了，下雨天更糟糕，好像連羽毛的聲音都聽得見似的。」

鐵絲網後面簡直什麼也看不見，只有可怕的黑暗，連蟲聲都快令人窒息。

「倉庫門是開著的，倉庫主人預先幫我們打開了。你要找的那台就在那裏面。」

「你進去過嗎？」

「只有一次……請他讓我進去的。」他嘴上還含著煙點點頭，橘紅色的火星在黑暗中搖晃著。

「打開門右手邊馬上就有電燈開關，你要注意階梯喲。」

「你不來嗎？」

「你一個人去吧！我這樣約好的。」

「約好？」

他把煙丟在腳下小心踏熄。「對，他說可以隨你高興待多久，回去的時候請把電燈關掉再走。」

空氣漸漸冷下來，土地帶有的冷氣從我們周圍上昇起來。

「你跟主人見過面嗎？」

「見過。」稍微停了一下他才回答。

「是什麼樣的人物？」

講師聳聳肩，從口袋掏出手帕來擤鼻子。「沒什麼明顯特徵的人物，至少眼睛看得出的特徵是沒有。」

「那爲什麼收集了五十台彈珠玩具呢？」

「嗯，世界上有各種各樣的人，只不過如此而已吧！」

我不覺得只是這樣而已，不過我還是謝了講師跟他分手，一個人沿著養雞場的鐵絲網走著。

我想，不只是這樣的。收集五十台彈珠玩具和收集五十張葡萄酒的標籤有一些不同。

倉庫看起來像蹲踞著的動物似的，周圍密密地長滿高高的草，峭立的灰色牆上連一扇窗都沒開，眞是陰鬱的建築。雙扇鐵門上用白油漆厚厚地塗掉像是養雞場名字的文字。

我在離開十步左右的地方仰望了建築物一會兒。不管想了多少卻沒有浮現什麼好的想法。我打消念頭走到入口，推開冷得像冰一樣的鐵門，門一聲不響地開了，而在我眼前則展開另一種完全不同的黑暗。

22

我在黑暗中按下牆上的開關，隔了幾秒鐘之後天花板的日光燈咔吱咔吱地閃爍著，那白光溢滿整個倉庫，日光燈總共有一百支吧，倉庫比從外面看起來還要寬大得多，雖然如此那光量依然是壓倒性的。眩亮使我閉起眼睛，稍過一下後張開眼睛黑暗已經消失，只剩下沉默和冰冷。

倉庫看起來像個巨大冷藏庫的內部，不過只要想到建築物原來的目的，就可以說是理所當然的了。雖然牆壁上一個窗戶也沒有，天花板也用白色塗料塗得雪亮，可是卻到處黏上黃色、黑色和其他莫名其妙顏色的污點。牆壁一眼就看得出做得很厚，令人覺得像被塞進一個鉛做的箱子裡一樣，一種永遠無法再從這裡逃出去的恐怖感捕捉住我，使我好幾次回過頭去看看後面的門，從來沒見過比這更令人厭惡的建築物。

若以極好意來看它，也覺得滿像個大象的墓場，而代替那些曲著腿的大象白骨的，卻是一望無際的彈珠玩具台，在水泥地上整齊地排開。我站在階梯上一直凝神俯視那異樣的光景，手則潛意識地爬到嘴上，又縮回口袋裡。

那是數量可怕的彈珠玩具台，七十八是正確的數字。我花了不少時間將彈珠玩具台算了好幾次，七十八，沒錯。機器朝同一方向排成八列縱隊，一直排到倉庫盡頭的牆邊為止，簡直像在地上用粉筆先劃好線排出來的似的，那行列一公分都不亂。又像凝固在壓克力樹脂裡面的蒼蠅似的，周圍的一切都紋風不動地靜止著。七十八之死和七十八之沉默。我反射地動了一下身體，因為如果不這樣的話，恐怕連自己都會被編進那些怪獸羣裡面去了。

好冷，而且依然聞到死雞的氣味。

我慢慢走下只有五段的狹窄水泥階梯。階梯下更冷，不過雖然如此還是在冒汗，令人討厭的汗。我從口袋裡掏出手帕來擦汗，只是黏在腋下的汗卻拿它沒辦法。我在階梯最下面一段坐下，用發抖的手拿煙抽。……三把式太空船，我眞不願意像這樣跟她見面，對她來說也會這樣覺得吧……或許。

門關上之後一點蟲聲都聽不見，絕對的沉默像濃霧般沉澱於地表。七十八台彈珠玩具機將三百十二隻腳穩重地踩在地上，默默忍受著那無處可去的沉重，眞是令人傷心的風景。

我依然坐著開始試用口哨吹「Jumping with Symphony Sid.」一開始的四小節。史坦蓋次搖頭及踏腳的音節……。一無阻攔的空曠冷凍倉庫裡，口哨亮麗優雅地吹響著，我心情稍爲好轉又吹了下面的四小節，然後又四小節。好像所有的東西都豎起耳朵來聽似的，當然誰也沒有搖頭或踏腳，雖然如此我的口哨還是像被吸進倉庫的每個角落似地消失了。

「好冷啊。」口哨一曲吹完之後，禁不住喃喃說出口來，那回聲聽來簡直不像自己的聲音。老是坐在這裡做個人秀也不行啊，一坐著不動，冷氣和雞的味道好像一起滲透進我的骨髓裏去似的。我站了起來，把沾在長褲上冷冷的土灰用手拍掉，並用鞋子把煙踩熄，丟到旁邊的鐵皮罐裡去。

彈珠玩具……彈珠玩具呀。不是爲了這個才來到這裡的嗎？寒冷使我連頭腦的活動都要停止了似的。想想看啊！彈珠玩具呀。七十八台彈珠玩具……OK、開關呢？這建築物的什麼地方一定存在著能夠喚醒彈珠玩具的電源開關哪……開關，找找看吧！

我雙手插在牛仔褲口袋裡，試著沿建築物的牆壁慢慢走。平板單調的水泥牆上還到處垂著用做冷凍倉庫時扯掉的配線和鉛管留下的痕跡。從各式各樣的機器、測錶、接線盒、開關等的遺跡，可以想像是以極大的力量隨意拔掉才留下的窟窿，牆壁比從遠處看來光滑得多，如同巨大的蛞蝓爬過的樣子。實際走起來建築物眞是非常寬闊，做爲一個養雞場的冷凍倉庫來說眞是出奇的寬闊。

正好在我走下的階梯正對面也有一個同樣的階梯。再走上那階梯的地方則有一個同樣的鐵門，一切的一切都相同，令人產生已經繞場一周的錯覺。我伸出手試著推推那扇門，結果動都不動一下，雖然既沒有門栓也沒有上鎖，可是門卻像被什麼鑲進去了似的紋絲不動。我手離開門，無意識地用掌心擦擦臉上的汗，卻聞到一股雞的味道。

開關在那門的旁邊，我把那槓桿式的大開關一撥上去，立刻發出像地底湧上來似的低鳴，整個覆蓋了周遭，令背脊發冷的那種聲音。其次像幾萬隻鳥羣張開翅膀啪噠啪噠撲飛似的聲音一連串響起來。我回過頭眺望冷凍倉庫，那竟是七十八台彈珠玩具吸進了電氣，而得分板上打出幾千個零的聲音。那聲音結束之後，只剩下像成羣蜜蜂嗡嗡嗡的混鈍電氣聲，而倉庫則充滿了七十八台彈珠玩具片刻的生氣。一部一部面盤上都閃爍著各種原色光，板子上費盡心思地描繪出各自不同的夢。

我走下階梯，恰像在閱兵似地慢慢走在七十八台彈珠玩具機之間。有一些只有在照片上才看過的典型優越機種，有一些則是在遊戲場看過令人懷念的機型，也有些是誰都記不得而早已消失在時光中的機型。威廉斯的「友誼7號」板上畫的飛行員的名字是誰呀？葛雷……？那是六〇年代初的事。巴里的「華麗之旅」，藍天、艾菲爾鐵塔、快樂的美國旅客……。哥德利普公司出的「國王和皇后」，滾球道有八道之多的機型。鬍子理得精光表情漫不經心的西部賭徒，襪子口還藏著黑桃S……。

超級英雄、怪獸、大學女生、足球、火箭、還有女人……每一樣都是在昏暗的遊樂場褪色腐朽到底的慣有的夢。各路英雄美人從板子上朝我微笑著。金髮、銀髮、棕髮、紅髮、黑髮的墨西哥女郎、馬尾巴、長髮及腰的夏威夷女郎、安瑪格麗特、奧黛麗赫本、瑪麗蓮夢露……每一位都將那美麗的乳房誇耀地挺出來。有些從扣子脫到腰部的薄襯衫下，有些從連身游泳衣下，有些從尖端突起的胸罩下……。她們永遠保持那乳房美好的形狀，卻確實地褪色下去。並像配合心臟的鼓動一樣，讓那燈光繼續一明一滅著。七十八台彈珠玩具機，那是古老的，令人想都想不起來的古老夢境的墓場。我從她們旁邊緩緩穿過。

三把式太空船就在那行列的非常後面等著我，她被夾在那些濃妝豔抹的同伴之間，顯得極其文靜，就像端坐在森林深處石頭上等著我一樣。我在她前面站定，凝視著那令人懷念的面板，那深深的暗藍色太空，好像藍墨水暈出來似的藍，還有白色小星星，土星、火星、金星……前方飄浮著純白的太空船，太空船窗裡點著燈，裡面看來簡直像闔家團圓的一刻似的。黑暗中有幾絲流星劃出光線流過。

面盤依然和從前一樣，同樣的深藍色，目標像微笑露出的牙齒一樣潔白，堆積在星形之上的十個檸檬黃色得獎燈緩緩發出一上一下的光芒。兩個彈出洞則是土星和火星，路標是金星……一切都充滿著靜謐。

嗨！我說。……不，或許沒說出來吧。總之我把手放在她的面盤玻璃板上。玻璃像冰一樣冷，我手的溫度，在那裡留下十隻手指的白色霧痕，她好像終於醒過來了似的對我微笑，多麼懷念的微笑啊。我也微笑著。

好像好久沒見了啊，她說。我做出思考的樣子屈指算了一下。正好三年了吧，一轉眼就過去了啊。

我們互相點點頭暫時落入沉默。如果在咖啡廳的話，正好是在啜著咖啡，用手指捏弄著縷花紗窗簾的時候。

我常常想起妳的事噢，我說。然後忽然心情變得非常悽慘。

睡不著的夜裏嗎？

對，睡不著的夜裏，我重複一次。她一直沒有停止微笑。

不冷嗎？她這樣問。

冷啊，好冷噢！

不要待太久比較好，對你來說一定太冷了。

大概吧，我回答。然後用輕微顫抖的手抽出香煙，點上火，吸進煙。

你不玩彈珠嗎？她問。

不玩，我回答。

爲什麼？

16500曾經是我的最高得分。妳記得嗎？

我記得啊。因爲這也是我的最高記錄。

我不想破壞這個記錄，我說。

她沉默不語，只有那十個得獎燈緩慢地繼續上下閃爍著，我一面看著腳尖一面吸煙。

你爲什麼來？

因爲妳叫我來呀。

叫你來？她有點迷惑，然後又像害羞起來似地微笑了。對了，或許是吧，或許是我叫了。

我找得妳好苦噢。

謝謝！她說。你說點什麼給我聽聽吧。

好多事情都完全變了噢，我說。妳以前在那裡的那個遊樂場，後來變成通宵營業的甜甜圈店，那裡的咖啡好難喝噢。

有那麼難喝啊？

從前在狄斯奈動物電影裏面，有一隻快要死掉的斑馬就是喝了跟那剛好一樣顏色的泥水。

她咯咯咯地笑著，好美的笑容。不過那眞是一條令人討厭的街，她滿臉認眞地說，一切都那麼粗俗、髒亂……。

就是這樣的一個時代啊。

她點了好幾次頭。那你現在做什麼？

翻譯的工作啊。

小說嗎？

不，我說。只不過一些像每天的泡沫似的東西。把一條水溝的水移到另一條水溝去，如此而已。

不快樂嗎？

這個嘛？從來沒想過這件事呢。

女朋友呢？

或許妳不會相信，不過現在我跟兩個雙胞胎一起生活，咖啡泡得非常好喝。

她一直微笑著，暫時把眼睛望向空中。總覺得好奇怪喲，一切都不像眞正發生的事一樣。

不，這都是眞正發生的事，只不過已經消失了而已。

難過嗎？

不，我搖搖頭。只是從無中生有的東西，又回到原來的地方去了而已。

我們再度沉默下來。我們所共有的東西，只不過是在好久以前已經死去的時間的片斷而已。

雖然如此那溫暖的感覺還多少像古老的光一樣，到現在還在我心中繼續徘徊著。而且直到死捉住我，將我再度丟進虛無的坩堝之前的短暫時間內，我還是會伴著那光一起前進吧。

你還是早點走比較好，她說。

確實冷氣已經強得令人難以忍受了，我身體發抖，把煙踩熄。

謝謝你來看我，她說。或許沒有機會再見了，你要保重噢！

謝謝！我說。再見。

我穿過彈珠玩具的行列走上階梯，關掉槓桿式開關。好像把空氣抽掉似的，彈珠玩具的電停了，完全的沉默和睡眠覆蓋了四周。再度穿越倉庫，走上階梯把電燈開關切掉，到伸手把身後的門關閉爲止的漫長時間，我沒有向後回頭，一次也沒回頭。

♤

叫了計程車回到公寓已經將近午夜。雙胞胎正在床上快要完成週刊雜誌的縱橫字謎時，我滿臉發青，身上都是冷凍雞的味道，我把穿過的衣服全部塞進洗衣機裏，就去泡熱水澡。爲了恢復正常人的意識，而在熱水裡泡了三十分鐘左右，可是滲透到身體深處的冷氣還是沒有消掉。

雙胞胎從壁櫥裡拉出瓦斯暖爐幫我點上火，十五分鐘後才停止發抖，喘過一口氣之後，又熱了罐頭洋葱湯來喝。

「已經沒事了。」我說。

「眞的嗎？」

「還冷冷的啊。」雙胞胎一面握著我的手腕一面擔心地說。

「一下就會暖和起來的。」

然後我們鑽進床裡，完成縱橫字謎的最後兩題，一題是紅鱒魚，一題是散步道。身體立刻溫暖起來，我們也不曉得誰開始先落入深沉的睡眠中。

我夢見托洛斯基和四頭馴鹿，四頭馴鹿一律都穿著毛線襪，非常寒冷的一個夢。

23

老鼠已經不再和女人見面，也停止再眺望她房間的燈光，連窗口都不再靠近了。恰似吹熄蠟燭之後昇起的一道白煙一樣，他心中的某樣東西在黑暗中飄了一下就消失了。然後陰暗的沉默來臨，沉默。老鼠也不知道，一張一張的外皮剝掉之後到底會剩下什麼。自尊？……他在床上一遍又一遍地望著自己的兩隻手，如果沒有自尊，人恐怕活不下去吧，可是如果只有這個也未免太黑暗了，實在太黑暗了。

離開女人倒很簡單。有一個星期五夜裏停止給女人打電話，只不過這麼回事而已。她或許一直到半夜還在繼續等電話吧，想到這裏心裏好難過，好幾次要伸手去拿電話，老鼠強忍住了。戴上耳機，把音量提高繼續聽著唱片，雖然明知她不會打電話來，可是依然不願意聽見電話鈴響。

等到十二點，她一定會放棄吧。然後洗臉刷牙，鑽進床裡，然後想到電話明天早上一定會打來吧，然後關掉燈睡覺。星期六早上電話依然沒響，他打開窗戶，做早餐、給盆景澆水，然後繼續等到中午過後，這次總該眞正放棄了吧。一面對著鏡子用髮刷梳頭髮，一面試著練習幾次微笑。然後想道：結果還是應該變成這樣的。

這所有的時間，老鼠在百葉窗關得密密的房間裡，凝視著牆上掛的電時鐘的針度過。房間裏的空氣紋絲不動，淺淺的睡眠好幾度通過他的身體，時針已經沒有任何意義，黑暗的深淺反覆了幾次而已。老鼠自己的肉體漸漸失去實體，失去重量，忍受著感覺的漸淡。幾個鐘頭，到底幾個鐘頭我一直這樣子呢，他想。眼前的白牆隨著呼吸緩緩搖動。空間擁有某種密度，開始侵蝕他的肉體。然後再如此下去已經無法再忍受了，老鼠推測著這極限的一點站了起來，到浴室去沖澡，在朦朧的意識中刮了鬍子，然後擦乾身體，從冰箱拿出橘子水來喝，穿上新睡衣上床，這就結束了，他想。然後深沉的長睡來臨，可怕的深睡。

24

「我要離開這地方了。」老鼠對傑說。

黃昏六點，剛開門的店，櫃台打了臘，店裡所有的煙灰缸還沒有一根煙蒂。酒瓶都擦得乾乾淨淨商標朝外地排列著，連尖端都折得整整齊齊的新餐巾紙和塔巴斯哥辣椒醬和鹽瓶都工整地收放在小淺盤上。傑正在將三種沙拉醬在各別不同的小缽子裏攪拌著。蒜頭的味道像細細的霧一樣飄散在四周，就是在這樣一個小有意思的時刻。

老鼠向傑借了指甲刀，一面讓剪下的指甲掉落在煙灰缸裏一面那樣說。

「你說離開……要去那裡？」

「沒有特定的目標，想到沒去過的地方，最好是不太大的地方。」

傑用漏斗把各種沙拉醬注入不同的大長頸瓶裡，然後把那三個瓶子放進冰箱，用毛巾擦擦手。

「到那裡去做什麼?」

「工作啊。」老鼠剪完左手的指甲後看了好幾次手。

「在這地方工作不行嗎?」

「不行啊。」老鼠說:「好想喝啤酒噢。」

「我請客。」

「那就謝了。」

老鼠把啤酒慢慢倒進冰過的玻璃杯,一口喝掉了大約一半。「你不問我爲什麼在這裏不行的理由嗎?」

「因爲我好像有點了解。」

老鼠笑笑再咋舌道:「唉,傑!不能這樣啊。如果每個人都這樣不聞不問就互相了解的話,那還有什麼戲唱呢。雖然我不想這樣……不過我好像已經在那種世界裡停留太久了似的。」

「或許吧。」傑考慮了一下之後這樣說。

老鼠又喝了一口啤酒,然後開始剪右手的指甲。「我想了很多,也想過到那裡去結果都一樣啊,不過我還是要走，即使一樣也好。」

「不會再回來了嗎？」

「當然有一天會回來的，有一天喏，因爲又不是逃出去的。」

老鼠拿起小碟子裡的花生，大聲剝著皺巴巴的殼，丟進煙灰缸。啤酒冰冷的露滴積在磨得晶亮的枱面上，他用紙餐巾擦掉。

「什麼時候出發？」

「明天、後天，實在不淸楚，大概就在這兩三天內吧，已經準備好了。」

「眞是太突然了啊。」

「嗯……倒是一直給你添了很多麻煩。」

「唉！眞是經歷了不少事情。」傑一面把排在餐櫥的玻璃杯用乾布擦著，一面點了好幾次頭。

「不過只要過去了一切都像夢一樣。」

「也許。不過，我能眞正那樣想之前，卻覺得花掉很多時間。」

傑隔了一會笑道。

「是啊，我常常會忘掉我跟你相差二十歲呢。」

老鼠把剩下的啤酒全倒進玻璃杯裏，慢慢喝著。這樣悠閒緩慢地喝啤酒，這還是第一次。

「要再來一瓶嗎？」

老鼠搖搖頭。「不，不用了。這瓶本來就打算當最後一瓶喝的。我是說在『這裏』喝的。」

「你不再來了嗎？」

「是這樣打算，因爲來了會難過啊。」

傑笑笑。「那麼後會有期囉。」

「下次見面也許認不出來噢。」

「聞味道就知道了。」

老鼠再度望望自己剪乾淨的兩隻手指，把剩下的花生塞進口袋，用紙餐巾擦擦嘴站起來。

♤

就像滑過黑暗中透明的斷層一樣，風無聲地流過。風微微地顫動頭頂上的樹枝，並將枝上的葉子規則地拂落地上。落在車頂上的葉子發出乾乾的聲音，暫時在上面徘徊，然後順著車前玻璃的斜面滑落在車蓋上。

老鼠一個人在靈園的樹林裏，失落了所有的語言，只是繼續呆望著車前玻璃的遠方，車子前方幾公尺的地面斷然下陷，前面是幽暗的天空和海和街道的夜景無限延伸出去。老鼠上身前傾兩手搭在方向盤上，身體動也不動地凝神注視著虛空的一點。指尖夾著一根沒有點火的香煙，用那尖端在空中繼續畫了幾個複雜而毫無意義的圖形。

跟傑談過之後，難以忍受的虛脫感向他襲來，好不容易才讓實體互相聚合成一體的各種意識之流，突然間又好像開始分別往不同的方向走散了。老鼠不曉得要到什麼地方才能把這些支流再度匯合成一體。每一道支流都只不過是流向茫漠大海的暗河之流。或許再也不會匯合在一起了，二十五年的歲月也好像只是爲了這個而存在的。爲什麼呢？老鼠試著問自己。不曉得。雖然是個很好的問題，卻沒有答案。好問題總是沒有答案。

風又增強了幾分，那風將人們從各種營生中烘焙起來的溫暖，吹到某個遙遠的世界去，而留下冷卻了的黑暗深處，則有無數星光閃爍著。老鼠把兩隻手從方向盤放下，將夾在唇間的香煙轉動了一陣子，才好像忽然想起來似地點上火。

頭有點痛，與其說是痛，不如說兩邊太陽穴像被冰冷的手指壓住似的奇妙感觸。老鼠搖搖頭，把種種思緒甩掉。總之，結束了。

他從隔箱裡拿出全國版道路地圖，一頁一頁慢慢翻著，然後發出聲音念著幾個地方的名字，幾乎都是些沒聽過的小地方，那些地方沿著道路無限地串連，念了幾頁之後，數日來的疲倦像巨大的浪潮般突然向他湧來，而一股微微的暖流則在血液中慢慢巡迴。

好睏。

覺得睡意好像要將一切都消除淨盡似的，只要睡著多好……

眼睛閉上時，耳朵深處聽得見海浪的聲音，拍打著防波堤，像要將水泥護堤的接縫縫補起來似地牽引而去的冬之浪潮。

這樣一來再也不必去向誰說明什麼了，老鼠想道。而且海底比任何地方都暖和，而且充滿了平安和寧靜吧。不，再也不要想什麼了，什麼都不想了……。

25

彈珠玩具的聲音忽然從我的生活中消失，而且漫無目的的想法也消失了，當然不可能因此像「亞瑟王和圓桌武士」似的「大團圓」就會到來，那一定是更久以後的事。馬兒疲憊了、劍折斷了、鎧甲生鏽的時候，我在小貓草繁茂的草原上躺下，靜聽著風聲。然後不管蓄水池底也好、養雞場的冷凍倉庫也好，什麼都好，走我該走的路。

對我來說這段時間的尾聲，就像任雨淋濕的曬物場一樣，只不過是件芝麻小事。

就是這麼回事。

有一天雙胞胎從超級市場買了一盒棉花棒，那盒子裏塞滿了三百根棉花棒。我每次洗完澡出來，雙胞胎就坐在我兩邊同時幫我清除兩側的耳朵。她們兩個確實很會清耳朵，我閉著眼睛，一面喝啤酒，一面繼續聽著耳朵裡兩根棉花棒發出咯嘶咯嘶的聲音。可是有一天晚上，我正在清著耳朵的時候，卻打了一個噴嚏，而從那瞬間開始兩邊的耳朵幾乎都聽不見什麼了。

「我的聲音聽得見嗎？」右側說。

「只有一點點。」我說，自己的聲音則聽得見在鼻腔裡。

「這裡呢？」左側道。

「一樣啊。」

「因爲打了噴嚏的關係喲。」

「廢話。」

我嘆了一口氣，簡直像保齡球道盡端的分散球第七瓶和第十瓶在對我說話似的。

「喝點水會不會好？」一個問。

「怎麼會。」我生氣地吼道。

雖然如此雙胞胎還是讓我喝了足足有一桶那麼多的水，只有使肚子脹得難過而已。因爲耳朵並不痛，所以一定是噴嚏的拍子聲把耳垢推進耳朵深處了，除此之外也沒有別的可想了。我從抽屜裡翻出兩把手電筒，讓她們幫我看看，兩個人像在窺探風穴似地往我耳朵深處探照著，花了好幾分鐘幫我檢查。

「什麼也沒有啊。」

「一塵不染呢。」

「那為什麼聽不見呢?」我又再吼了一次。

「壽命臨終了吧。」

「變聾子了啦。」

我不理她們兩個,查了電話簿,打到最近的一家耳鼻喉科醫院去。電話的聲音非常難聽清楚,可能也因為這樣,稍微引起護士的同情,才說馬上過來吧!大門暫時開著等你。我們急忙穿好衣服,走出公寓沿著巴士路線走去。

醫生是一位五十歲左右的女醫師,雖然留著滿頭糾纏不清的鐵條網似的髮型,不過看來卻非常令人有好感的人。她打開候診室的門,叭叭地拍拍手示意雙胞胎別講話,然後要我坐在椅子上,一副沒什麼興趣的樣子問到底怎麼啦?

我說明完畢之後,她說:我們已經知道啦,你不要再吼了。然後取出一隻不帶針頭的巨大注射器狀的東西,在那裏面吸進滿滿的米黃色液體,給我一個白鐵傳聲筒一樣的東西,要我托在耳朶下面。注射器插進我耳朶裡，米黃色液體在耳洞裡像一羣斑馬似地奔騰一陣之後從耳朶流出來落進傳聲筒裡去。這樣重複三次之後，用細細的棉花棒在耳朶深處挑一挑，兩邊的耳朶都完成這作業時，我的耳朶又完全恢復原狀了。

「聽得見了。」我說。

「耳垢。」她簡潔地說。聽來像是在玩接尾口令的下一句似的。

「可是剛剛看不見哪。」

「因爲彎曲著啊。」

「？」

「你的耳洞比別人彎得多啦。」

她在火柴盒背面幫我畫出我耳洞的圖。那正如桌角釘上的補強五金的形狀一樣。

「所以如果你的耳垢彎進這個彎角的時候，那麼誰來喊你都喊不回來了。」

我呻吟道：「那怎麼辦才好呢？」

「什麼怎麼辦……只要在清耳朶的時候注意一點就行了啊。『注意』。」

「妳說耳洞比別人彎，那對其他方面有沒有什麼影響？」

「其他方面什麼影響？」

「例如……精神上。」

「『沒有』。」她說。

我們多走了十五分鐘，繞遠路橫越過高爾夫球場回公寓。十一號洞的狗腿洞使我想起耳洞，球桿讓我聯想到棉花棒，還想到更多，半遮著月亮的雲聯想到B52編隊，茂密的西樹林聯想到魚形的文鎮，天上的星星聯想到荷蘭芹菜粉上長的霉……夠了別想了。總之耳朵能非常敏銳地分辨出全世界的各種聲音。世界簡直像脫掉一層面紗似的感覺。幾公里外夜鳥在啼，幾公里外人們在關窗，幾公里外人們在談情說愛。

「眞是幸虧啊。」一個說。

「實在太好了。」另一個說。

♤

田納西・威廉如此寫道：關於過去和現在正如這般，關於未來則是「或許」。

但是回顧一下我們所走過來的黑暗時，在那裡擺著的覺得好像也依然只是不確實的「或許」。我們能夠得到明確的知覺的，只不過是所謂現在這瞬間而已，而連這個也只不過和我們的身體擦身而過罷了。

去送雙胞胎走的時候，我一直思考的大體上就是這類事情。穿過高爾夫球場到前面兩站，我一面走著，一面沉默著。星期天早天七點，天空像穿透了似地藍。腳底下的草，充滿了來春降臨前短暫死亡的預感。不久這上面就要開始降霜、積雪，並在透明的晨光中發亮。泛白的草地，在我們腳下繼續發出咔沙咔沙的聲音。

「你在想什麼？」雙胞胎的一個問道。

「沒想什麼。」我說。

她們穿上我給的毛衣，紙袋裡裝了運動衫和僅有的替換衣物抱在腋下。

「要去那裡？」我問。

「原來的地方啊。」

「只是回家而已。」

我們穿過砂坑的砂地，越過八號洞筆直的球道，走下露天昇降梯。驚人數目的小鳥們在草地上和鐵絲網上眺望著我們。

「我不太會說，」我說「不過妳們走了我覺得非常寂寞。」

「我們也是啊。」

「好寂寞噢。」

「不過還是要走吧？」

兩個人點點頭。

「真的有地方可以回去嗎？」

「當然哪。」一個說。

「不然就不會回去呀。」另一個說。

我們跨過高爾夫球場的鐵絲網穿過樹林，坐在巴士站的長椅上等巴士。星期天早晨的巴士站靜得好美，充滿了舒暢的日光，我們在這日光下輪流說著接尾口令玩，大約五分鐘左右巴士來了，我給她們兩個巴士車錢。

「下次在什麼地方再見吧！」我說。

「下次再見了。」另一個說。

那簡直像回聲一樣在我心裏響了好一陣子。

巴士門啪噠一聲關上，雙胞胎從窗裡向我揮手。一切的一切都在反覆著……。我一個人走回原來的路，回到秋光滿溢的房間裡聽雙胞胎留下的「塑膠靈魂」，泡咖啡，然後一整天望著通過窗外而去的十一月的星期天。

那是一切都像要變透明了似的，十一月安靜的星期天。

【村上春樹著作年表】

一九七九年　長篇小說《聽風的歌》（群像新人文學賞）
一九八〇年　長篇小說《一九七三年的彈珠玩具》
一九八一年　翻譯 *MY LOST CITY* 原著／費滋傑羅（F. Scott Fitzgerald）
　　　　　　對談集 *WALK DON'T RUN* 與村上龍合著
　　　　　　隨筆《夢中見》 與絲井重里合著
一九八二年　長篇小說《尋羊冒險記》（野間文藝新人賞）
一九八三年　短篇集《開往中國的慢船》
　　　　　　翻譯《我打電話的地方》 原著／瑞蒙・卡佛（Raymond Carver）
　　　　　　短篇集《看袋鼠的好日子》（中譯名《遇見100％的女孩》）
　　　　　　隨筆及翻譯《象工廠的快樂結局》 插畫／安西水丸
一九八四年　隨筆及翻譯《波之繪・波之話》 攝影／稻越功一

一九八五年

短篇集《螢・燒穀倉・其他短篇》

隨筆《村上朝日堂》 插畫／安西水丸

長篇小說《世界末日與冷酷異境》（谷崎潤一郎賞）

翻譯《暗夜鮭魚》 原著／瑞蒙・卡佛

翻譯《西風號遇難》 原著／C.V.歐滋柏格

短篇集《迴轉木馬的終端》

畫冊《羊男的聖誕節》 畫／佐佐木馬其

隨筆《電影冒險記》 與川本三郎合著

一九八六年

短篇集《麵包店再襲擊》

翻譯《放熊》 原著／John Irving

隨筆《村上朝日堂的逆襲》 插畫／安西水丸

隨筆《蘭格爾漢斯島的午後》 插畫／安西水丸

一九八七年

隨筆《THE SCRAP 懷念的一九八〇年代》

隨筆《日出國的工廠》 插畫／安西水丸

翻譯 *WORLD'S END* 原著／Paul Theroux

長篇小說《挪威的森林》
翻譯《急行「北極號」》　原著／歐滋柏格
翻譯 *THE GREAT DETHRIFFE*　原著／C. D. B. Bryan

一九八八年

評論《費滋傑羅的書》
翻譯《爺爺的回憶》　原著／卡波提(Truman Capote)　畫／山本容子
長篇小說《舞舞舞》

一九八九年

翻譯《有用的小事》　原著／瑞蒙・卡佛
翻譯《核子時代》　原著／Tim O'Brien
隨筆《村上朝日堂　嘿嚇！》
翻譯《沒有名字的人》　原著／C. V.歐滋柏格
翻譯《某個聖誕節》　原著／卡波提

一九九〇年

短篇集《電視人》
遊記《遙遠的太鼓》
遊記《雨天炎天》
翻譯《談談眞正的戰爭》　原著／Tim O'Brien

翻譯《聖誕節的回憶》 原著／卡波提

《村上春樹全作品一九七九～一九八九》卷1.2.3.4.

翻譯《大教堂／瑞蒙・卡佛全集3》

翻譯《戀人絮語／瑞蒙・卡佛全集2》

一九九一年

《村上春樹全作品一九七九～一九八九》卷5.

翻譯《安靜一點好不好？／瑞蒙・卡佛全集1》

一九九二年

長篇小說《國境之南、太陽之西》

一九九四年

隨筆《終於悲哀的外國語》

長篇小說《發條鳥年代記》

1973年的彈珠玩具

藍小說904＝村上春樹作品集

原　者—村上春樹
譯　者—賴明珠
主　編—吳繼文
編　輯—高桂萍
校　對—黃加興、黃靜心、賴明珠
排　版—正豐電腦排版有限公司

董事長—趙政岷
出版者—時報文化出版企業股份有限公司
108019台北市和平西路三段二四〇號三樓
發行專線—（〇二）二三〇六—六八四二
讀者服務專線—〇八〇〇—二三一—七〇五・（〇二）二三〇四—七一〇三
讀者服務傳真—（〇二）二三〇四—六八五八
郵撥—一九三四四七二四時報文化出版公司
信箱—一〇八九九臺北華江橋郵局第九九信箱
時報悅讀網—http://www.readingtimes.com.tw
電子郵件信箱—history@readingtimes.com.tw
法律顧問—理律法律事務所　陳長文律師、李念祖律師
印　刷—勁達印刷有限公司
原始出版—一九八六年六月十六日（時報人間叢書）
初版一刷—一九九二年二月廿五日（時報紅小說）
二版一刷—一九九五年二月十五日（時報藍小說）
二版三十八刷—二〇二三年九月十五日
定　價—新台幣一五〇元
（缺頁或破損的書，請寄回更換）

時報文化出版公司成立於一九七五年，並於一九九九年股票上櫃公開發行，
於二〇〇八年脫離中時集團非屬旺中，以「尊重智慧與創意的文化事業」為信念。

Printed in Taiwan

ISBN 957-13-1576-1

國立中央圖書館出版品預行編目資料

1973年的彈珠玩具 / 村上春樹著 ; 賴明珠譯.
-- 二版. -- 臺北市 : 時報文化, 1995 [民84
]
面 ; 公分. -- (藍小說 ; 904) (村上春樹作品集)
ISBN 957-13-1576-1(平裝)

861.57 84000825

編號： A I 904	**書名：1973年的彈珠玩具**
姓名：	**性別：**＿＿＿＿ 1.男　2.女
出生日期：　年　月　日	**身份證字號：**

＿＿＿＿ **學歷：**1.小學　2.國中　3.高中　4.大專　5.研究所（含以上）

＿＿＿＿ **職業：**1.學生　2.公務（含軍警）　3.家管　4.服務　5.金融
6.製造　7.資訊　8.大眾傳播　9.自由業　10.農漁牧
11.退休　12.其他

地址：＿＿＿＿縣（市）＿＿＿＿鄉鎮區＿＿＿＿村＿＿＿＿里
＿＿＿鄰＿＿＿＿路（街）＿＿段＿＿巷＿＿弄＿＿號＿＿樓

郵遞區號＿＿＿＿＿＿

（下列資料請以數字填在每題前之空格處）

＿＿＿＿ **您從哪裡得知本書／**
1.書店　2.報紙廣告　3.報紙專欄　4.雜誌廣告　5.親友介紹
6.DM廣告傳單　7.其他＿＿＿＿

＿＿＿＿ **您希望我們爲您出版哪一類的作品／**
1.長篇小說　2.中、短篇小說　3.詩　4.戲劇　5.其他＿＿＿＿

您對本書的意見／
＿＿＿＿ 內　容／1.滿意　2.尚可　3.應改進
＿＿＿＿ 編　輯／1.滿意　2.尚可　3.應改進
＿＿＿＿ 封面設計／1.滿意　2.尚可　3.應改進
＿＿＿＿ 校　對／1.滿意　2.尚可　3.應改進
＿＿＿＿ 翻　譯／1.滿意　2.尚可　3.應改進
＿＿＿＿ 定　價／1.偏低　2.適中　3.偏高

您的建議／

請沿虛線摺下裝訂，謝謝！

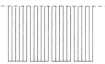

廣告回郵
北區郵政管理局登
記證北台字1500號
免貼郵票

時報出版

CHINA TIMES PUBLISHING COMPANY

尊重智慧與創意的文化事業

地址：台北市108和平西路三段240號4 F

電話：（080）231-705（讀者免費服務專線）

（02）2306-6842。2302-4075（讀者服務中心）

郵撥：0103854-0 時報出版公司

請寄回這張服務卡（免貼郵票），您可以——

●隨時收到最新消息。

●參加專為您設計的各項回饋優惠活動。